2017
读家记忆
年度优秀作品

诗歌导读

林莽
LIN MANG

陈亮
CHEN LIANG

主编

中国出版集团
现代出版社

图书在版编目（CIP）数据

读家记忆2017年度优秀作品·诗歌导读/林莽，陈亮主编.
--北京：现代出版社，2018.3
ISBN 978-7-5143-6868-0

Ⅰ．①读… Ⅱ．①林… ②陈… Ⅲ．①中国文学－当代文
学－作品综合集②诗集－中国－当代 Ⅳ．①I217.1

中国版本图书馆CIP数据核字（2018）第032436号

读家记忆2017年度优秀作品·诗歌导读

主　　编	林　莽　陈　亮
责任编辑	杨学庆
出版发行	现代出版社
地　　址	北京市安定门外安华里504号
邮政编码	100011
电　　话	010-64267325　010-64245264（兼传真）
网　　址	www.1980xd.com
电子邮箱	xiandai@vip.sina.com
印　　刷	成都市兴雅致印务有限责任公司
开　　本	710mm×1000mm　1/16
印　　张	15
字　　数	141千
版　　次	2018年3月第1版　2018年3月第1次印刷
书　　号	ISBN 978-7-5143-6868-0
定　　价	39.80元

目录
CONTENTS

丁　立　流水四十年 ┄┄┄┄┄┄┄┄┄┄┄┄┄┄┄┄ 001

人　邻　夏日的下午 ┄┄┄┄┄┄┄┄┄┄┄┄┄┄┄┄ 004

小　西　猫 ┄┄┄┄┄┄┄┄┄┄┄┄┄┄┄┄┄┄┄┄ 006

川　美　未完成的梦 ┄┄┄┄┄┄┄┄┄┄┄┄┄┄┄┄ 008

小　米　柳树的碎花连衣裙 ┄┄┄┄┄┄┄┄┄┄┄┄ 010

王　琰　玉门关 ┄┄┄┄┄┄┄┄┄┄┄┄┄┄┄┄┄┄ 012

王夫刚　祭父稿 ┄┄┄┄┄┄┄┄┄┄┄┄┄┄┄┄┄┄ 014

王单单　我的学生 ┄┄┄┄┄┄┄┄┄┄┄┄┄┄┄┄┄ 017

扎西才让　渡口的妹妹 ┄┄┄┄┄┄┄┄┄┄┄┄┄┄ 019

木　叶　灯泡厂的流水线 ┄┄┄┄┄┄┄┄┄┄┄┄┄ 021

尤克利　红蓼花 ┄┄┄┄┄┄┄┄┄┄┄┄┄┄┄┄┄┄ 023

牛庆国　情景 ┄┄┄┄┄┄┄┄┄┄┄┄┄┄┄┄┄┄┄ 025

毛　子　对一则报道的转述 ┄┄┄┄┄┄┄┄┄┄┄┄ 027

天　天　悲伤 ┄┄┄┄┄┄┄┄┄┄┄┄┄┄┄┄┄┄┄ 029

风　言　与母书 ┄┄┄┄┄┄┄┄┄┄┄┄┄┄┄┄┄┄ 031

文乾义　墓地 ┄┄┄┄┄┄┄┄┄┄┄┄┄┄┄┄┄┄┄ 034

方石英　奔跑的紫云英 ┄┄┄┄┄┄┄┄┄┄┄┄┄┄ 036

邓朝晖　春色配 ┄┄┄┄┄┄┄┄┄┄┄┄┄┄┄┄┄┄ 039

东　篱　该怎样跟大字不识几个的母亲说荡漾 ………… 042

冯　娜　弗拉明戈 ……………………………… 044

老　井　地心的蛙鸣 …………………………… 046

庄　凌　流水 …………………………………… 049

刘平平　那天我们行驶在乐安路上 …………… 051

刘　年　写小说的女人 ………………………… 053

刘　春　月光 …………………………………… 055

刘立云　河流的第三条岸 ……………………… 057

刘泽球　谦卑 …………………………………… 060

灯　灯　拥抱 …………………………………… 062

江红霞　午休时间的海 ………………………… 064

安　琪　鸦群飞过九龙江 ……………………… 066

孙晓杰　红碱淖 ………………………………… 068

羽微微　父亲，小侄子和我 …………………… 071

扶　桑　如何达到真实 ………………………… 073

花　语　独弦琴 ………………………………… 075

苏历铭　生日快乐 ……………………………… 077

李　点　妯娌张红平 …………………………… 080

李　茶　木槿 …………………………………… 082

李　南　现在，曾经 …………………………… 085

李小洛　潜伏者 ………………………………… 087

李少君　珞珈山的樱花 ………………………… 090

李轻松　吹动 …………………………………… 092

宋晓杰　阴雨布拉格 …………………………… 095

张二棍　怅然书 ………………………………… 097

张巧慧　青鸾舞镜 ……………………………………… 099

张存己　合欢 …………………………………………… 101

张远伦　顶点 …………………………………………… 103

张作梗　还乡记 ………………………………………… 105

张执浩　补丁颂 ………………………………………… 107

张佑峰　姑姑 …………………………………………… 109

陆辉艳　在南宁港空寂的码头 ………………………… 111

阿　华　昨夜，在湘江…… …………………………… 113

阿　信　天色暗下来了 ………………………………… 115

陈　仓　题某某的照片 ………………………………… 117

陈　亮　温暖 …………………………………………… 119

邰　筐　星空 …………………………………………… 122

武强华　不安之诗 ……………………………………… 124

青小衣　生日帖 ………………………………………… 126

若　颜　八月：吹拂 …………………………………… 128

林　珊　她 ……………………………………………… 131

林　莽　我的车位前曾有一棵樱花树 ………………… 134

林　莉　5月16日和父亲观蔷薇 ……………………… 137

林　雪　再见吧，岁月 ………………………………… 139

林新荣　梅尖山寺 ……………………………………… 141

金铃子　春和永驻 ……………………………………… 143

罗兴坤　下山 …………………………………………… 145

赵亚东　清晨的散步 …………………………………… 147

胡　平　我喜欢那些半途而废的事物 ………………… 149

胡　弦　准确时刻 ……………………………………… 151

胡茗茗　黏在一起的手指 ………………………………… 153

星　汉　小儿张桐 …………………………………………… 155

侯存丰　黎明 ………………………………………………… 158

祝立根　凤愿 ………………………………………………… 160

哨　兵　蓑羽鹤 ……………………………………………… 162

徐　晓　我欢快地哼起了歌儿 ……………………………… 164

徐俊国　散步者：致修辞的拐弯 …………………………… 166

高若虹　拐弯的河滩 ………………………………………… 169

高建刚　薛家岛 ……………………………………………… 172

高鹏程　傍晚，石浦港内的几种事物 ……………………… 175

郭晓琦　清晨 ………………………………………………… 177

离　离　鸟飞鸟的 …………………………………………… 179

唐　欣　雨天和蛇 …………………………………………… 181

谈雅丽　夜是一匹幽蓝的马 ………………………………… 183

桑　眉　一条新路通你家 …………………………………… 185

黄沙子　不可避免的生活 …………………………………… 188

梅苔儿　流水谣 ……………………………………………… 190

龚　纯　回忆 20 世纪 80 年代广种苎麻的那一年 ………… 192

崔宝珠　蓝马 ………………………………………………… 194

第广龙　刻在土崖上的诗行 ………………………………… 196

康　雪　蒋乌家的梅花鹿 …………………………………… 198

商　震　那块石头 …………………………………………… 201

梁书正　对大地上的事物我们一无所知 …………………… 203

梁积林　草原 ………………………………………………… 205

敬丹樱　一路向西 …………………………………………… 207

韩文戈 交汇 ·· 209

傅 云 春风夜里的槐树 ·················· 212

鲁若迪基 比恐惧还要恐惧 ·············· 215

蓝 野 郎木寺 ······························· 217

蓝 紫 许多事物从身边经过 ·········· 219

路 也 小山坡 ······························· 221

路 亚 我的身体 ··························· 223

臧海英 在城南寺庙 ····················· 225

熊 曼 农妇的哲学 ····················· 227

熊 焱 傍晚经过你的城市 ·············· 229

流水四十年

○ 丁　立

最初，我什么都不晓得

等明白过来，我错过的事物

都已在洛河两岸，自成风景

我的兄弟已去了远方，二十余年

流水汤汤无消息

稍一恍惚

我又站立于长江湍急处

十曲八折，水花多飞溅，而李白捞月处的石头

只是在勉强守住自己

日益孤独的内心

行至高原，我何以越来越坚信

天下的江河，都来自于同一水系

谁能告诉我，翡翠河淌过三千米海拔

何以竟绿以至此，草花开到水旁的湿地

有什么理由越来越像，湮失了时代感和使命感的人

别问我，我什么都不晓得

如果一只裸女鲤在水中浮起来，又沉下去

那一定是因为我，暂时还无法确定

是否被裹挟，仍是自己

唯一的命运

（原载《诗探索》2017年第2辑）

导读

　　水，仿佛早就糅进了我的生命，变成了一种底色：我出生在大海之滨，我结婚的日子也在雨天，即便是有"大师"给我算命，也会告诉我说：你八字中的水，太多了……这种人与水的纠缠，使得我习惯了用水的形象、水的蜕变来思考自己的人生、经历：

　　我大学即将毕业的那一年，弟弟因病去世。坚持未成年的孩子不能土葬，母亲把他的骨灰抛向了洛水，从此，水这个动荡的意象，于我又多了一层意味。

　　上班以后，突然要独自面对那么多事情，特别不适应。1998年正月，我去长江边的某处景点玩，传说中的大诗人李白，就是在此处醉酒捞月，溺水而亡。万古的长江汹涌奔突，再次唤起我心中的无常感，以及有话不知找谁去诉说、也不知怎么去说的孤独。

人到中年，结婚成家，有了孩子……一个简单纯净的女孩儿，一回头，身后竟已背负了太多沧桑的历史。一个偶然的机会，我去九寨、黄龙散心，乍见这不染尘埃的人间幻境，那一瞬间，人仿佛什么野心都没有了，只剩下被掏空、被透支之后的疲惫。碧绿的翡翠河，湿地的草花，和湮失了时代感、目标感的我，浑然一体，感觉人生最大的幸福，已莫过于清静、无事。

而暂时的逃避，又怎能挥去内心深掩的焦虑？在九寨的水里，有一种别处罕见的鱼类，叫作裸女鲤，看到它在水中沉浮的样子，一种宿命感涌上我的心头，多年来，在我心里一直懵懵懂懂的那种情绪，终于找到了对应物：是的，在这个世界，谁不是像这只裸女鲤一样，被看不见的力量所裹挟、被推着往前走？谁又不是貌似自由，其实却身不由己？

这就是我的生命叙事，与水有关，与水合一。

夏日的下午

○ 人 邻

其实，一点也不饿，
但就是腹中空空
想把什么放入无味的嘴里。
手边空无，拈出茶盅里的一片茶叶，
舌尖上，瞬间清苦。

我在整理一个久居乡下的画家的录音，
乡音之间，录音笔里有布谷鸟出现：布谷、布谷
——叫我想起田野里空气的清新，
再一次触及了我沉闷的肺。

桌上杂乱，书，信纸；
外面，阳光明媚，几分燠热——
我觉到无聊，觉到我坐在这儿的毫无意义。
时光，亦是无意义的吗？

唯有茶叶的这一片清苦，把我
稍稍安定在桌前。

（原载《鸭绿江》2017年第4期）

生命有时候是沉重的，而在这沉重的一侧，人也时常会有虚无感。承认一个人的虚无感并不是羞耻的事情。承认，虚无也许就有了它的一些可以咂摸的意味。虚无哪里是浅薄的呢。也许，愈是感受到生命虚无的人，愈于这尘世有着格外清醒的认知。鲁迅，即是。

我的这首诗似乎是来自偶然，可产生它，在我的内心也许是必然的。匆忙人生，偶尔的枯坐，会觉出人生的无味。所谓的茶叶，不过是道具，而空无的手边也许就需要这样一片近似于无的茶叶。虚无的时空中，录音里不断出现的人声，布谷鸟的鸣叫，是人世的味道，亦是虚无的映照。它们"叫我想起田野里空气的清新"，叫我沉闷的久居城市的肺忽地有徐徐而来的清风，便是人生的一点意义吧。

人生，究竟是有意义还是没有什么意义？这问题复杂，复杂到哲学家也无能为力，不过是自证其说罢了。生命，有时候确是枯燥无味的。但就是在这枯燥中，人生亦会显现出深沉和美好的思想结晶，逼视出生命的意义，这枯燥也就似乎有了意义。

但细究起来，生命可能还是有意义的。哪怕是我们自己以为的有意义。再卑微的生命亦可能是推动时光轮回的力量。不管这生命的力量多么微小，甚至一只蚂蚁也有着它不可阻挡的力量。生命的意义在于寻找，在于人生的安顿，在于虚无之中坚实地敲响我们依存的人世。我在诗的结尾写道："唯有茶叶的这一片清苦，把我 / 稍稍安定在桌前。"于此，这一片似乎并无什么意义的茶叶，它的清苦，也就有了沉实的，能够让人生丰厚安详生活下去的意义。

上苍创造生命，就一定是要显现生命本身的意义。不然，上苍焉为。

猫

○ 小　西

它从那个人的怀里挣脱
跳到走廊里。经过我时
停下来，凝视我。
镶嵌在毛发中的两粒玻璃球
折射出冷漠的光。

我背靠窗子站着，手里抱着暖瓶。
金银木茂盛得让人伤心
我的父亲，躺在病床上
额头渗出大滴的汗水
他也有一只猫
正用疼痛喂养着，日益肥硕
他的身体，很快就要装不下它

（原载《人民文学》2017年第2期）

导读

　　1999 年，是我记忆中最为悲伤的一年。我的父亲，这个劳作了一辈子的农民被查出肝癌晚期，那时我刚工作不久，当家人告知我这个坏消息时，恰好是在春天，紫荆花密密匝匝开满了枝条，那种突如其来的悲伤，犹如这浓烈的紫，不管不顾地绽放，谁也无法阻挡。我根本不能接受这个事实，蹲在地上哭了许久。接下来的三个月，我们不停地奔波在医院里，被病痛折磨的父亲和无助的家人构成了一幅哀伤的画面。那时我还不会写诗，痛苦让我难以自已，常常一个人站在医院的走廊里流泪。

　　以上是这首诗写作的背景，但我在诗歌里并没有描述自己如何难过悲伤，因为我觉得在诗歌的写作中，情感的抒发要节制冷静，留给读者的空间才更大。作者如何从一个小的切口进去，向内去挖掘，然后向外呈现更多的诗意，有时也不能回避写作的技巧。所以我在诗的开头直接从医院走廊里一只偶遇的猫入手，最后用父亲体内被疼痛豢养的"猫"来结束。这种意象之间的转换，会令人有不同的感受。当然诗歌中出现的其他事物，也并非是随意的，都有其内在的含义，比如金银木的茂盛和形容枯槁的父亲形成了对比；我紧抱着暖水瓶，是源于我内心渴望温暖的事物等等。我想，不管是写诗还是读诗，不要只流于文字的表面，更多的是要看到诗背后的东西。

未完成的梦

○ 川 美

又梦见你了——

梦见你，和一大片向日葵

梦见你，和蛇皮一样阴凉的小路

梦见你，和头顶上悬停的红蜻蜓

梦见你，和你的黄书包

和一群相互追逐的少年

和更高的天空棉花糖一样的白云

和我。隔着豆田，走在另一条小路上

梦见豆花开了，小小的豆花，隐在豆叶下面

草尖儿上，露水，一滴一滴悬着

我的心事。我那时的野心

是走在你的小路上

将一本蓝皮日记本塞进你的书包里

——这一幕，还是没有梦见

（原载《诗探索》作品卷 2017 年第 1 辑）

导读

人生多美好，最美少年时。少年之美，美在纯真、善良，美在青涩、羞怯，更美在情窦初开时的暗恋清愁。"哪个少女不怀春？哪个少男不钟情？"相信人人内心都珍藏着只属于自己的青春萌动的记忆。

时下，在影院门口，在公交车站，或者走在大街上，时常看见中学生模样的少男少女，或追逐嬉闹，或牵手而行，甚至旁若无人地拥吻，看上去自由自在，却总觉得少了点什么。少什么呢？自然是"山有木兮木有枝，心悦君兮君不知"的矜持、含蓄之美。一个时代有一个时代的风气，古时候那种男女授受不亲的严苛现在自然不值得推崇，然而，正是那样的时代产生了《诗经》中美到极致的爱情故事。

我十六七岁时，处在20世纪70年代末，我生活的东北乡间也算开化，农夫、农妇劳动之余打情骂俏也是有的，当然不存在男女授受不亲之说。不可思议的是，上了初中，也许由于性意识初醒而导致的矫揉造作，男生女生截然分割开来，相互间不同桌、不说话，更不来往。然而，表面上的楚河汉界，如何挡得住本然的异性相吸？

诗中的"你"，是一位可爱的男生，聪明俊朗，小时候常与他一起玩，两小无猜，到了初中就再没交往了。我和他同住一个村子，从村子到学校有四五里路，每天上学、放学，为了避免在同一条路上相遇，我总是有意走另一条平行的路，两条路之间，夏天隔着豆田、向日葵，冬天隔着白雪、黑土地，但只要远远地看见他走在另一条路上，心中便有满满的幸福。以致后来，这样的情景竟成了每每出现的梦境。而事实上，也仅止做梦而已，我迷信地把这归于无缘。这样的结局竟成就了恒久之美。在技术处理上，把梦中的"你"和"我"分成两部分来写，意在对应生活的现实。

柳树的碎花连衣裙

○ 小 米

　　小河里的水居然也会这么深。
　　我无力游动时，居然
　　再怎样挣扎，仍踩不到河底。

　　给朋友从水中拽出来时，
　　我看见柳树的碎花连衣裙，
　　在岸边，轻轻摆动。

　　这差点儿淹死人的水。
　　这被我看浅了的水，
　　无声流着，无辜流着。

　　我在岸边整理着刺痛的咽喉，
　　我在岸边整理着慌乱的心情。
　　我在岸边回头，
　　又看了看柳树的碎花连衣裙。

　　世界多么好，河边多么静，

柳树的碎花连衣裙，

仍在岸边，轻轻摆动。

（原载《汉诗》2017 年 2 卷）

导读

诗中多次提到"柳树的碎花连衣裙"这个看似无关的意象，并用这一意象统领全诗，呈现出和平或和谐情境，实则暗中潜藏危险或危机。当一个人遭遇危险或危机时，我们所不能离开的这个世界，我们寄身且已融入其中的这个世界，其实就跟岸边"柳树的碎花连衣裙"一样，仍然是美好的，无辜的。那么，不在自己遭遇逆境和困境时怨天尤人，是做人必备的素质。基于此，在这首诗中，"柳树的碎花连衣裙"其实是所有美好事物的化身。

在诗中，"河"也跟"柳树的碎花连衣裙"一样，是一个看似无关却又不容忽视的意象，它暗喻的，其实是人生。"岸"暗喻的却是一种安全感。当一个人偶然遭遇意外时，其实跟这个世界，跟身边的人事，没有多少关系，更不能因此就对社会人生发生质疑，而"朋友"这个信手拈来的意象，只会让我暗自感恩。

全诗力求简洁、干净，看似一览无余，但诗中潜在的思考，希望引人深思。

玉门关

○ 王 琰

这是班超的玉门关

李白的玉门关

王昌龄的玉门关

诗歌如青草

长满玉门关

没有宫阙万间，只一个关隘寂寞耸立

后来玉门关做了羊圈

有一个豁口

供羊群出入

兴亡，百姓苦

（原载《诗探索》2017 第 5 期）

甘肃的河西仿佛整部边塞诗，随意在哪里歇脚，戈壁、雪山、长河、落日、孤烟……苍凉感夹杂着诗意尽在胸中，你可以随时吟诵。

那年夏天去的河西，几十里几百里都是一样的风景，空旷、开阔。去了阳关，车在去玉门关的路上抛锚，修不了，要配零件，于是，打电话，让另一辆车去敦煌城里买零件，而我们，等在戈壁的大太阳里数个小时。正午，太阳光强，黑色的轿车像是块渐渐融化的巧克力，我从路边向戈壁走去，一路走进戈壁的怀抱。黑色的戈壁，我找到了几块透明的，像是被太阳晒得融化了的油脂般的石头，我把它们放进口袋里。只有一丛丛骆驼刺寂寞地生长着，这一丛和那一丛看起来都一样，它们是戈壁单调的装饰。

后来，我把那几块仿佛融化了的石头请人钻出眼来。我用绳穿上它们，仔细打上中国结扣，将它们郑重地挂在胸前，它们和那次游荡的经历都是戈壁送给我的礼物。

于是戈壁和玉门关一起盘桓在我的心中。再庸常的生活里，我也会每日吟诵唐诗，它们让我的文字和心情一起变得干净起来，又让我胸有甲胄，壮怀激烈。

车修好了继续去玉门关，远远望去，一个孤零零的关隘立在那里。玉门关，风吹平了马蹄印，耳旁还有厮杀的声音，远了远了。只有玉门关的城墙，如一道成年的旧伤疤，灰暗，沧桑斑驳。围着城墙转一圈，见一个豁口，说前些年曾经当过羊圈，豁口是留给羊群出入的。没有夯土的黄色，并不长草。玉门关没有青草，可是那么多的诗篇，如青草般在玉门关欣欣向荣地生长。

这就是那个班超来过的，李白来过的，王昌龄来过的玉门关……这里曾经城墙高耸，垛口林立，据说守城墙的士兵，会在墙内侧铺上细沙，来观察看有没人翻越城墙。一有战事，烽火台是要点狼烟的。白烟冲天，消息依次就传递走了，援兵将至。也有资料中说，点的是芦苇。狼烟四起当然比芦烟四起雄壮得多，所以还是狼烟吧。战事四起，胜了败了受苦的都是老百姓。

祭父稿

○ 王夫刚

父亲去世三年之后，我迈入中年门槛。
四十不惑，曾经多么遥远的目标
就这样悄无声息地
来到眼前：我的儿子顺利升入小学四年级
诗歌的春天，依旧蒙着一层薄霜。

父亲去世三年之后，每年的三月
我不必再专程返回山脚下的村庄为他烧纸
燃放鞭炮。除了春节和中秋节
这些惯性节日，我的怀念
允许越过形式主义在他的坟前小坐一会儿。

父亲去世三年之后，我为之后悔的事情
似乎比以往多了起来——
为什么没有帮助他为早逝的父母
立一块给生者阅读的墓碑？天堂也有电信局
为什么不提醒他带走生前用过的电话？

父亲去世三年之后，我学会了抽烟

为了与他保持某种爱好上的联系。

父亲去世三年之后，我成为了真正的父亲

（一个与传统有关的说法）

在他坟前焚烧诗集不是为了让他阅读。

父亲去世三年之后，山河依旧。

卡扎菲领取了比萨达姆还要羞辱的结局。

我还生活在城市一角，我的土地

还由别人耕种：替父亲活着

活下去，我的梦还由父亲那里出发抵达光阴。

（原载《诗刊》2017 年 3 月号上半月刊）

导读

2012 年，距离父亲罹患食管肿瘤辞世已有四年之久，时光完全抚平了父亲离世所产生的家庭震荡。这年夏天，我照例带着放暑假的儿子回老家居住，照例带着儿子去父亲墓前烧纸，顺便跟儿子谈一谈生老病死的哲学。因为草木葳蕤，父亲的坟墓在感觉上比冬日低了很多，小了很多，不管乡村绿色如何倾覆，林间蝉鸣多么热情，墓地的主题总是静穆和淡淡的忧伤。到了深夜，我忽然出现少见的失眠，只好在院子里顶着星空喝茶，抽烟，走来走去，有一瞬间，我感觉父亲还坐在他生前坐过的那个位置，抽着我从济南给他带回来的将军牌香烟，依旧月光如水，依旧父子无言。之后我想了很多——关于生活，关于命运，关于亲人，关于死亡和历史，我回到房间，打开电脑，一字一句地敲下了这首诗。我当然不会简单地把这首诗的诞生归结为父亲的隐形提醒，事实上，那天晚上父亲出现肯定是我的一个幻觉。但潜意识里，我似乎也不强烈反对灵感这个说法了，这在我年轻时是不可能的事情。在文本的具体呈现上，这首诗出现了分段，每段均为五行，每段均以"父亲去世三年之后"起句——这传统的中规中矩的文本形式其实与我暌违已久；至于语言的智趣追求，一如既往地传达

了我对幽默的适度尝试，比如，"天堂也有电信局／为什么不提醒他带走生前用过的电话？"比如，"父亲去世三年之后，山河依旧。／卡扎菲领取了比萨达姆还要羞辱的结局。"我始终忘不掉父亲当年和我谈论萨达姆的情景，如果他活到这一年，应该也会跟我谈论一番卡扎菲的血腥命运——这个清瘦的倔强的善良的乡村老头，身体里装满了五莲山区固有的苦中作乐、意会言传的生存文化：懂得含泪的笑才不至于枉费人生。在写作中我属于斟酌派，很多未定稿往往被我折磨得面目皆非，甚至不知所终，但这首诗是个例外，几乎没有另行修订。

我的学生

○ 王单单

最初我不喜欢赵小穗
遇到谁都怯生生的
某次她在作文中写道：
妈妈，我的眼泪不够用
每次想你，都省着哭

这让我心头一紧
趁其不在，忙向其他同学打听
大家异口同声地说：
她爹死后
她妈就走了
她妈走的时候
她还小

同学们回答得那么整齐
像是在背诵一篇烂熟的课文

（原载《十月》2017 年第 3 期）

导读

自新世纪后,口语诗形式和内容的结合日臻完美,为现代诗的走向寻觅到一条通往更加开阔的幽径,为诗意的生发找到了更加葳蕤的可能。

口语诗歌在应对社会经验和时代变幻时能够迅速作出反应,它的优点在于生动、直接、率真、及物、鲜活、有力度、现场感强等,但因口语本身的平民性和大众化,导致部分口语诗歌流于随意、单调、泛滥,甚至段子化、口水化的弊病。这个时候,年轻一代的诗人们应该对此做出思考,怎样让口语诗带给读者心灵的激荡?让语言的力度轻颤于生活之上而又回旋于现实之中?

《我的学生》就是一首具有明显口语写作特质的诗歌,它在个人经验中剥离出细节,以口语的方式切入其中。前两节都是整个事件本身的呈现,为的是最后能将诗意延展出去。有些读者或者评论家认为此诗行至"她妈走的时候 / 她还小"即可收束,对此我不以为然,这个时候结束此诗,会显得仓促,且诗意的推进才到"瓶颈"之处,迫切需要临门一脚的力度,还不能准确稳妥地借助"妈妈,我的眼泪不够用 / 每次想你,都省着哭"所溢出的沉痛感,所以诗歌最后——"同学们回答得那么整齐 / 像是在背诵一篇烂熟的课文"——这个句子"四两拨千斤"的力道才显得那么巧妙。只有这样,这首诗才能让读者回味并展开联想,而对于口语诗来说,这又是何等重要的品质啊!

渡口的妹妹

○ 扎西才让

群山在雨中混浊一片，山上树木，
早就无法分清哪是松哪是桦哪是柏了。

只铁船在河心摇晃，
那波浪击打着船舷，那狂风抽打着渡人。

隔着深秋的混浊的洮河，
身单衣薄的妹妹在渡口朝我大声叫喊。

听不清她在喊什么，但那焦虑，
但那亲人才有的焦虑，我完全能感受得到。

出门已近三月，现在，我回来了，
母亲派出的使者就在彼岸，雨淋湿了她。

妹妹呀，你知道吗？我和你，都是
注定要在风雨中度过下半辈子的人。

（原载《黄河文学》2017年第8期）

导读

大多数父母对儿女的爱，是不会随着岁月的流逝、年岁的增长而有所消淡的。而做儿女的，从不懂爱到懂得爱，从无视爱到珍惜爱，正是在时光的缓慢流淌中，才日渐有所体悟的。

这首诗的写作，我想凸显的，就是儿女对母爱的体悟。借助于诗歌，我让时光倒流到若干年之前。那时，母亲还活着。而我因为刚考上大学在外读书，很少有机会返回故乡看望母亲。距离产生美，更会产生思念。对父母的思念，对姊妹的思念，使我身患暗疾，整天病恹恹的，没有精气神，日子也过得浑浑噩噩的，自然也无心于学业的深造。终于有一天，我病倒了，躺在宿舍里，感觉到生活的无趣。宿舍社长赶忙替我请了假，学校也允许我回家休养半月。于是，我踏上了归乡的路途。

在客车上，我仔细回想了自己的病根：这病源于对异域环境与生活的排斥与不适应，也源于对故乡人事的无限眷恋。一边是排斥，一边是吸引，这种对异域——故土截然相反的情感，使我的心灵处在拉锯式的处境中，那种痛苦与渴望，有着漂泊生活的游子，都能感受得到。

终于到了。一条河——洮河，隔开了我和家人。得到我返乡消息的母亲，早就使唤她的女儿——我的妹妹，来迎接我。偏偏天公不作美，下起了瓢泼大雨，整个渡口，处在风雨交加的时刻。

或许每个人，都在天地搭建的舞台上生活。而渡口的风雨和彼岸的亲人，是每个人都会遭逢的人生际遇。人的成长、成熟，是需要这样的爱，这样的风雨，这样的停靠和等待来一一磨砺的。有感于此，我写出了我最想说的话："妹妹呀，你知道吗？我和你，都是注定要在风雨中度过下半辈子的人。"

这样的体悟，当时的妹妹，或许无法理解。而母亲，肯定能完全理解，但她什么也不说。她只用母鸡对小鸡的爱护，来陪伴儿女长大成人，成为她所希望的人。——直到她病逝的那天，她还在床榻上关注并询问着儿女们的命运。

灯泡厂的流水线

○ 木　叶

那一年的夏天，我是年轻的劳动监察官员，来到县灯泡厂，
丝丝的青焰，灼烤着工作台。

玻璃在高温中熔化，被吹出脆薄的形状，
多少年来，我都无从冷却蒸腾于其中的辛劳与贫寒。

一如我无法忘记殷勤而谄媚的灯泡厂厂长。我虚张声势地
和他简单聊了几句有关《劳动法》的贯彻。

是的，那时法律尚年轻，我也年轻，正如
工作台边高温灼烤下的额头满是汗珠的乡下姑娘们也很年轻。

简陋的流水线上一只只嫩生而胆怯的小手，
转眼之间，必然已经枯萎；我也开始怀旧。

灯泡厂已经搬迁，我曾经喧哗的青春正在努力学习温柔，
城市里的灯光，看起来多么安静。

（原载《延河》2017年第1期）

导读

　　回望二十年前，民工潮初起，社会在经济的沸腾中急剧转型。在一些特定的时空点，诗能够做些什么？它会掀起过去既温馨又冰凉的时代一角，忠实地叙述与呈现，让后来者据以追忆吗？

　　20世纪90年代中期，我在基层劳动部门，以　名工作人员的身份，见证了一个时代的经济狂飙突进。这首诗写于2015年，写作的起因是偶然就回忆起当年在县里的一次例行工作检查——督促企业遵守国家刚刚颁布的《劳动法》、不得有雇佣童工的行为。对当时也年轻的我来说，震撼的余波至今犹在——那些小女孩，十六七岁，在温度极高的工作台面上，吹制、装配用于手电筒的小电灯泡。

　　请允许稍微做一些延伸。如果仅仅是从创作的维度来考察，我们这一代诗人是幸福的，虽然这幸福当中有太多的凄凉。几乎是一夜之间，国家从农耕社会踏向工业文明，

相应的社会管理也都是在蹒跚中转向，但有时候也不免潦草，甚至粗暴。飞速旋转的时代给我们递来巨大的主题，如包括水和空气在内的环境污染，打工潮、下岗潮、乡村的空心化以及人心的崩溃与重建，它们都是在我们眼皮子底下发生的。经济这只巨兽，仲山它无数的吸盘与触须，牢牢地叮着我们。

　　当然，日子也是在我们这一代身上逐渐过好的。这的确是"几千年未有之变局"，让整整一代人的身上都烙有割裂之爱与痛，而切肤至深的爱与痛，充满丰富细节，正如这首诗，它忽然就在2015年的某一天横插进来，阻断我的忙碌与庸常，将我带回熙熙攘攘的二十年前。

　　因此，这首诗本质上是一首回忆之诗、唤起之诗。我想，一首回忆与唤起的诗，它首先必须是诚实的，语调要平稳，不能慌张。二十年前的场景，当你把它定格下来，物不是，人更非。

红蓼花

○ 尤克利

以前我爱过集市上飘来飘去的水红花褂

现在，回想起来

对于一个过了年龄的人来说

眼中的欢喜暗淡了不少

不知不觉中

我更喜欢看秋阳下这片正在开放的

红蓼花，她们正淡淡地红

嫩嫩地红，不假思索地红

粗枝大叶，散漫又不打算放过美丽半步

我感觉眼前这片红蓼

她们此时的心境，是透给我看的

使我一下子就回到了红蓼丛中的童年

惊羡，得意，游戏在一片红云下的空间

用蜡笔把心底的快乐记在白纸上

那时候我还小，她们年轻

如今她们依然年轻，而我却老了

红蓼花像一股电流

快速地流遍了时间的两端

（原载于《凤凰》2017年上半年刊）

导读

因为诗歌，我们还能够把与少年记忆隔空喊话的片段记录下来，用来证明，这身经历过沧桑的皮囊看上去虽然老了，但内心依旧丰富。戴上二百度的花镜还能看清眼前的事物，把模糊的变为清晰，从豹子的一个斑点继而看见它的全身。

小小少年，在大人眼中也许是一只既可爱又讨人嫌的家猫，其实自我感知世界的心理历程根本不亚于一只顽皮的豹子。我的这只豹子，它曾游走于家乡的山林河湖间，冒险出现在大人们讲述的故事情节中，想象出一片天地，懵懂而又充满好奇；它重复看见过长在河堤下面的一大片红蓼，粗枝大叶，头顶一片水红色的云，后来被收入梦工厂的百科全书；再长得大一点，它在集市上见识了几乎所有的铁器、木器、条编、吃喝杂耍，其中最让它心动的却是那些在眼前飘来飘去的包裹着丰富想象力的水红花褂，它仿佛嗅到了一种用红蓼花的香甜提炼出的气息，感觉到了一种仙女下落凡尘之后才有的美妙。

俗世中各种各样的好，总会让人念念不忘。

前年的初秋，当那一大片正在盛开的红蓼花突然出现在眼前的时候，我的内心一下子明亮了起来。生活是如此的琐碎和艰辛，当我们挥去了多少挥之不去的烦恼，留下了无数挽留不住的风霜，梦想的小鱼儿早已游向了大海，只留下深深的鱼尾纹深嵌在脸庞，而那片红蓼花，还在一如既往地开放，与我的少年见识完美对接。无论时空变幻，我都在她们突然闯入眼帘的那一刻，获取了久违的触电一般的心动和快乐。哪怕，来世一遭，上苍只给了每个人一段走马观花的工夫。

情　景

○ 牛庆国

总想起一个人

流着泪　使劲往嘴里填着食物

比如煮熟了的苦苦菜

或者别的什么吃的

那用力的样子

就像是在干着一件农活

但为什么哭呢

肯定不单单是因为饥饿

每想起这样的情景

我的心里就会疼痛

甚至直到今天

只要看见有人狠狠地吃东西

我都会低下头来

那个人是我的一个亲人

现在已经不在了

我不忍心说出称呼

（原载《诗刊》2017 年 2 月上半月刊）

导读

这几年我写了一批怀念亲人的诗，主要是怀念父母的，在这些诗中我写下时间和生命，也写下感恩，写下疼痛，写下愧疚。《情景》是其中的一首。

这首诗写的是真实的情景，多年来，我不管在什么场合，只要看见有人在狠狠地吃东西，心里就忍不住难过，深深地同情起这个人来。这或许对于一个没有农村经历，没有对饥饿有过切身感受的人来说，是不可思议的。但我对饥饿极其敏感。我清晰地记得年轻时我们村里所有关于"吃"的情景，我也曾思考过那片土地上的人们一辈子只为吃饱肚子而奋斗的人生。"民以食为天"，在那里表现得淋漓尽致。但诗里的这位亲人，不仅为吃而流泪，同时也为来自其他方面的不幸，比如爱情，比如疾病，比如心灵的伤害、命运的不济，等等。在没有粮食，没有爱情，没

有好运的岁月里，我的亲人们活得多么坚强。他们的艰难挣扎，是生命的崇高和庄严。我无法忘记这一切。

我与这片土地血脉相连，我要用诗歌关照那片土地和那里的人们。在这首诗中，我写的是一个人，但也是很多人，甚至一代人。我把这一代人都看成是我的亲人。"我不忍心说出称呼"，是我不忍将这份悲苦又一次搁在任何一个亲人的身上而又一次伤害到他，但又不得不说出那一代人活着的真实状态。同时，我也没有勇气让我一次又一次感到难过。

作为一个诗歌写作者，我的诗歌属于写得"老实"的一类，但我必须像一个饿着肚子，忍着眼泪，但永远对土地和老天充满敬畏和信任的庄稼人，老老实实地耕耘，才能无愧于作为他们中的一个。

对一则报道的转述

○ 毛 子

唐纳尔，一个普通的美国公民

在 9·11，他失去了怀孕 6 个月的女儿

时隔十一年后的一个五月

民众涌上街头，欢庆本·拉登被击毙

只有唐纳尔待在家里，和家人一起

静静消化这个消息

他无法高兴起来，他说

——"我们不是一个会庆祝死亡的家庭

不管死的是谁。"

（原载《读诗》2017 年第 3 期）

导读

正如这首诗的标题所表明的，它只是对一则新闻报道的转述。在这个充满杀戮、撕裂、恐惧、仇视、互害的世界、有时候，来自现场一线的新闻和图片，它带来的冲击和震撼足以构成诗歌的全部元素，它的杀伤力已不需要任何的艺术加工。而我的任务是将它浓缩在诗里，再一次地投放在更多的人群中，扩大它的冲击波。

从来没有哪个时代像我们所处的世界如此的复杂和丰富。它的动荡、挣扎、撕咬，在善与恶、生与死中反复地较量、缠打。就在本·拉登被追杀后的几个月，记得在丽江的一间酒吧，我从电视上又一次目睹了另一个恶魔卡扎菲的死亡——当这个昔日狂妄、骄横的独裁者在愤怒的人群中被狼狈地推搡、攻击，然后被血淋淋地枪击，然后尸体被羞辱。那一时刻，我对这个一直厌恶憎恨人的死，却高兴不起来。我不希望结束一种野蛮，是以野蛮的方式去结束。

同样的经历发生在更早的萨达姆身上。这个桀骜而不可一世的屠夫，最后成为一个手无缚鸡之力的阿拉伯老头，顺从地把头伸进绞索架的时候，那一刻我承认我有一丝恻隐之心。

在善与恶之间，屠夫和老人之间，人性有怎样的深测度，这是诗歌有待于探测和深入的幽暗地带。恶不仅仅在他者的身上，也在我们每一个人的身上。恶是这个世界的事情，也是我们生命里的事情。一个恶魔死了，但死亡并不能结束恶。所以，我们除了对生命悲剧的悲悯，同样也有对恶本身的怜悯。因为，仅仅是仇恨是不够的，仇恨不能解决恶，但我想，一种更大的善，可以拯救。正如此，我震惊于那个9·11痛失爱女的普通美国人，对死亡、对仇恨的态度。当我看到这则新闻，我觉得任何的加工都是画蛇添足。唯一做的是，再一次的呈现，以直截的方式，以新闻的方式。在这个意义上，我对诗歌的态度，是更倾向于一种纪录片的质地，而不是艺术片的渲染。

悲　伤

○ 天　天

夜晚，我站在楼顶，

最先消失不见的是那些烟花。

对于一个习惯黑暗的人，它的美过于模糊。

像花花世界口齿中含住的那一点苦。

我总想，与自己相依为命，

或者到更远的地方下一场大雪。

是啊，我终日碌碌无为，

我有一颗羞耻之心，供于寡情的案头。

这些年，我只有一首没写完的诗，

每一个词都是衣带渐宽的大海。

它朝我涌来的那一刻，

我几乎要把自己深深地放弃。

（原载《草原》2017 年第 5 期）

导读

　　总会莫名的悲伤，为肉身的痛苦，为肉身以外的种种。我居住的地方，是一个温润的小城，黑夜来临的时候，站在阳台上向远方眺望，无边的黑和灯火相互纠缠，绵绵不休，永远都是剪不断理还乱。有时候，会有烟花在空中突兀地盛开，黑暗中，美得炫目，美得让人绝望。

　　一直喜欢雪和大海，雪是北方，大海是南方，南方和北方遥遥相望。常常在想，雪落入大海会是什么样呢，它们之间究竟隔着多少无法逾越的鸿沟？

　　小时候，因为家境贫寒，我不止一次地想要逃离那个家，那个村庄，后来，曲曲折折，终于如愿了。可，却又心心念念想回故乡，这些年，每一个梦，梦中的每一个长街都是儿时的打谷场、乡音、羊群、遍地的野菊花……

　　上下班的路上，会经过一片建筑工地，总会遇到几个衣衫肮脏得看不清颜色的农民工，他们操着方言，站在那里旁若无人地打电话；或者，几个人躺在草地上晒太阳，眯着眼，一副很享受的模样，仿佛世间除了太阳再没有离他们更近的幸福了。偶尔，他们会朝我吹口哨，嬉笑着叫我美女，我不恼，反倒有种亲近感，因为我知道我和他们有一样的，或者曾经有一样的悲伤。

　　有人说，人活着就是不断地失去，失去爱或被爱，失去鲜艳的旗帜，失去花花世界口齿间的悲喜……失去的永不再回来，如烟花，如故园，如雪和大海，那首没写完的诗终有一天也会离去，只留下词语的遗骸。

与母书

○ 风　言

雾霭竖起栏栅的衣领。落日
在敲我的头
妈妈，冬日的家书是一壶烧不开的水

写你额上褶伏的四季。像陈年的灯
——如写炉膛的灰，直扑你的眼睛
写你眼中的暖
在人间，只有你是银色的——
妈妈，风中落叶带链而歌

生活多像一根缓冲的刺
总有一些崩落的词，令我尴尬，惊悸
捉襟见肘
妈妈哟，这命运多舛的暮晚
我灰心地爱着
如写阳光余晖的泡沫

[原载《星星》2017 年第 5 期（增刊）]

导读

《与母书》这首诗很多读者说调子有点灰，亲情诗写成"捉襟见肘"的样子，让人有莫名的压抑和空洞感。可是多年来不太和谐的母子关系，像根刺扎在胸口，虽如鲠在喉，却羞于开口。当然"子不嫌母丑，狗不嫌家贫"的古训，一直像个咒箍警醒着我，尤其生在"卧冰求鲤"的孝悌之乡！虽尽孝双亲不敢怠慢，但看到别人母子情深的画面，让我既艳羡又心生迷惘！

我的人生也渐至中年，虽想尽力地弥补这种温情的缺憾，可情感上的代际隔阂让这份感觉成了"一壶烧不开的水"！

生活中的母亲似乎永远是粗糙的。或许与生俱来的暴躁性格和生活的艰辛，让她早早失去了女性特有细腻温情的质地。小时候上学的早饭我们姊妹几个几乎没吃过；生活中所犯的一点点小错也会令她暴跳如雷，责骂不断；而每到冬天，最令我记忆犹新的是我长满冻疮的双手！当我看到名满天下的王朔和他母亲尴尬的关系时，颇感同身受，童年的阴影有时会放大到影响一个人的一生！

而成年后，母亲对我择偶的横加干涉，更成了我们母子之间情感横亘的鸿沟，可是，对母亲的热爱，既是伦理上的，也是天性上的。已为人父的我，更多去理解母亲生活年代的不易与艰辛——写你额上褶伏的四季。像陈年的灯／如写炉膛的灰，直扑你的眼睛／写你眼中的暖。

经常看到很多出生即被遗弃，成年后苦苦寻找自己亲生父母的孩子；我始终认为血脉的传承，情感的最终归属带有某种宿命神秘的色彩，即情感上一种无形的致命相吸——母子连心的骨血亲情胜过很多后天培育的主观仪式感——在人间，只有你是银色的——妈妈，风中落叶带链而歌。

当然，生活本身就是一本难念的"经"，总有一些崩落的"词"令我们的人生一地鸡毛，亲情之间的处理上也概莫能外——妈妈哟，这命运多舛的暮晚／我灰心地爱着／如写阳光余晖的泡沫。虽然生活中的我们会"尴尬、惊悸、捉襟见肘"，会灰心，但我们都还在认真地爱着！

另外，有些读者说我这首诗是写给祖国的，若非这样认为，我也只能说——祖国和妈妈一样，谁也不能选择；虽然她有很多这样那样的缺点，虽然我们有时也会灰心，但我们都还在认真地爱着……

墓 地

○ 文乾义

我们几个老知青

回老连队看她们，在她们

坟头添上新土。副业班

五个女生埋在连队东边

离白桦林不远的

一块菜地旁边。三个

哈尔滨籍，两个二十岁，

一个十九；一个北京籍，

十七岁；一个天津籍，

十七岁。船沉时，她们当中

有人呼喊着"下定决心"。

曾经，有一个举起的拳头

拼命向上，在波涛顶端

作过短暂停留。有时

我们总以为，她们和我们

一同经历过返城、找工作，

上电大，以及下岗，而我们

并未把这当成幻觉。

我们和她们面对面坐着，

互相注视，互相沉默。头上
天空晴朗。我们内心
风雨交加。

（原载《诗林》2017 年第 1 期）

导读

无论说，诗是经验的，还是说，诗是情感的，都有其无法否认的道理。读者很容易就能看得出来，《墓地》这首诗是属于有感而发的。

对于我来说，知青岁月已经远去。我已经老了，但是，下乡时的老连队，仍然让我魂牵梦绕。所以，在后来，我们这些老知青都会回到"第二故乡"去看看，而且有的不止一次。

在《墓地》中所写的，就是其中一次。我们几个老知青回到老连队的目的是明确的：在她们坟头添上新土。因为很不幸，船沉了，夺走了她们的生命。她们永远地埋在了老连队，埋在了北大荒。而我们还活着，都返城了，有的还混得不错。我们回来看她们，是因为想念，因为牵挂，因为爱。我们之间那种战友情是在特殊年代凝结成的特殊情感。所以，在我们这些活着的知青印象中，总以为她们还活着，和我们一同经历了后来的返城、找工作，上电大，以及下岗，而我们并没有把这当成是一种幻觉。

这首诗是通过叙述来完成的。作为最一般、最常见的手法，叙述也许是比较可靠和可信的那一种。至少它可以尽可能做到质朴一些、自然一些，显得沉实而且不匆忙。我一直相信叙述的力量。

奔跑的紫云英

○ 方石英

紫云英，大片大片的紫云英
正飘向枕边。姐姐，我知道是你来了
穿着你最喜欢的连衣裙
大片的绿大片的紫
一年只穿一次

云雀突然蹿上天空
像一颗扔出去的石子
我想它到了另外的地方准备歇脚时
也会像一颗石子，从天而降
形成一根我所无法准确绘制的抛物线
我只会在田头一个人静静地玩泥巴

这些，还有更多我没察觉到的那些
都是故乡所需要的，在春天的黄昏
我沿着木梯爬上楼顶
望着夕阳血流成河的方向
想起你，天上的姐姐
你是我别在胸前的眼泪和鼻涕

多少年过去了

只要我想起你，我都会拼命向前奔跑

就像当年你在后边追我回家

我们不断地跑啊，跑啊，跑啊

时间对你我来说根本不算什么

（原载《诗探索·作品卷》2017年第3辑）

导读

小时候，每年春天故乡的田间长满一种叫"花草"的植物。开始是碧绿鲜嫩的一片，牛喜欢吃，摘下来炒年糕我也喜欢吃。渐渐地，"花草"老了，就会长出紫色的小花，先是零星地开，后来就成片成片地怒放。此时，无边的花海就成了孩子们游戏的天堂。我是很多年后才知道，"花草"有一个非常美丽的名字——紫云英。

回忆是一把忧伤的锄头，翻地时难免会把心弄疼，可我总是忍不住回忆——《奔跑的紫云英》，一首私人的回忆之诗，在我远离故乡之后，这"大片的绿大片的紫"，就常常在我的梦里浮现。

在这首诗中，有一个孤独又敏感的小男孩，那是童年的"我"。扔石子、玩泥巴、爱哭泣、流鼻涕，从小身体单薄的"我"内向、缺乏安全感，可"我"又是那么的任性。

在这首诗中，有一个爱穿连衣裙的女孩，那是"我"的"姐姐"，她的原型其实是我的表姐们。总是带着我一起玩，有谁欺负我，她们总是挡在前面，有时我的任性也会让她们深受委屈，但最后总是原谅

我，并一如既往地疼爱我。

表姐们的命运各不相同，她们都是我的至亲，我时刻念着"姐姐"的好。一切都随时光老去，但往事不可磨灭，我的"姐姐"活在我的童年，永远年轻。"我们不断地跑啊，跑啊，跑啊／时间对你我来说根本不算什么"，《奔跑的紫云英》用思念对抗死亡。

春色配

○ 邓朝晖

茶色竹笼配红色暗瓦

黄眉鸟配空枝与食钵

残牙配发胖的左脸

脚有错失前蹄的尴尬

配一场莫名怒火

熄灭之后尚有余灰

春天了

睡去的人再不肯回来

生日配忌日

身份证上日月配年辰

一串没有关联的数字决定了

他在这个世上的宿命

冬眠配惊蛰

可我不能按节气好起来

节气应验在古代

鲁莽是近些年的事

也没有去看残花

旧年剩下的

应还有几朵在池塘

流水引配醉花阴

新不能配旧

正如苍老的那一部分

不是因时光过于肿胀

我不能配你

正如一颗决绝的智齿就要拔剑出鞘

我因你而孤独

因这一副衰败的身体

总不能琴瑟和鸣

（原载《山东文学》2017 年第 4 期下半月）

导读

看日期，这首诗写在 2016 年的春节，那段时间我一直在写一些有关于平衡的诗，这缘于我当时右脚骨折。用一只脚行走，我有了与以往不同的感受，我在想象，身体倒向一边，血液都流向一边，这只冰冷的受伤的脚，几乎无用了，而我仍然能够维持平衡。

那段时间经常独坐家中，看书、熬药、泡脚，指望着这只有裂缝的脚能够忘掉之前我对它的疏忽，赶快好起来。然而事与愿违，骨头的受伤与皮肉的受伤完全不同，骨头间但凡有一丝裂痕，也会肿胀，不能走路，而且恢复起来非常的慢，心里越急它越慢。看看写这首诗的心理过程，我感到当时是处于对它的恢复已经很绝望的状态，觉得它好

不了了。

那段日子以来发生了很多事，身边不断有熟悉的人离开，所以我说，"生日配忌日 / 身份证上日月配年辰 / 一串没有关联的数字决定了 / 他在这个世上的宿命……"人到中年，早已相信了宿命，人来到这个世上的时候上苍就已经给他排好了离开的日期，老天给每个人赠予的都是往返车票。我写这首诗的起因是看到一个茶楼里几件旧物，几朵残花、一点流水，"流水引"和"醉花阴"是我的两首诗，这两个标题看起来很配，实际上，看起来相近的事物并不相配，琴瑟和鸣的东西太少。看似平静的生活下面，隐藏着许多暗流。而孤独，是命运中最长久的伴侣。只有孤独，才能维持生活的平衡。

该怎样跟大字不识几个的母亲说荡漾

○ 东 篱

母亲百日时，其他坟上的草

已没了小腿肚

油绿、齐整

仿佛出自园艺师之手

微风一吹，我脑海闪现出荡漾

五月的麦浪

初冬的芦苇荡

晨曦里的鸡鸣

月光下的蛙鼓

我想用这些熟稔的事物

跟大字不识几个的母亲说

如果不是因为母亲的新坟

土还湿热

这些大地拱出的斗笠状土包

身披绿蓑衣

头顶青焰火

我几乎脱口说出：

真好

（原载《扬子江诗刊》2017 年第 2 期）

导读

这是我写母亲的组诗《我终究成了孤儿》中的一首，写于2014年5月。那日，我和兄弟姐妹们在母亲的坟前给母亲过百日，悲恸莫名。时值初夏，瘗地里旧坟上的草已经淹没了小腿肚，油油绿绿、齐齐整整的，微风一吹，荡漾开来，非常好看。但我不能说出口，因为母亲新丧不久，我需要哀恸，或需要我哀恸，以示孝心。人生有许多东西说不出，往往是一面死亡，另一面正新生，我不知道该为死亡痛悼，还是该为新生庆幸。

这首诗比较简洁明了，与不识字的母亲说"荡漾"这么文雅的词，应当说难度非常大。只能选择母亲日常生活中常见的事物，比如麦浪，比如芦苇荡，比如鸡鸣，比如蛙鼓，给她以更直观更具象的印象，当然这样也未必能让母亲理解"荡漾"一词的真正含义，但这不是这首诗的用意所在。诗的真正用意仍然是思念母亲。

后几行似乎与思念母亲相冲撞，实则增加了诗歌的另一层含义：死亡与新生相伴而生。从而也达到了以乐景写哀倍增其哀的效果。

弗拉明戈

○ 冯　娜

我的步履疲惫——弗拉明戈

我的哀伤没有声音——弗拉明戈

用脚掌击打大地，是一个族裔正在校准自己的心跳

没有力量的美　以美的日常显现

弗拉明戈——

流淌着贫病、流亡的血和暴君偶然的温情

越过马背的音乐，赋予肉体熔岩般的秉性

流浪者在流浪中活着

死亡，在他们渴望安居时来临

谁跳起弗拉明戈

谁就拥有世上所有不祥的欢乐

谁往前一步，谁就在不朽的命运中隐去自己的名姓

弗拉明戈——我的爱憎不分古今

弗拉明戈——我的黑夜曾是谁的黎明

（原载《江南·诗》2016 年第 3 期）

导读

弗拉明戈（Flamenco Dance），是一种西班牙的流行舞种，它熔吉卜赛文化和西班牙的安达卢西亚民间文化为一炉，在即兴舞蹈、歌唱和吉他伴奏中，表现人们的悲喜、热情和无拘无束的内心世界和生活方式。

强烈的节奏感和舞者复杂的脚部、手部动作、富有渲染力的表情，彰显出弗拉明戈的内在力量和吉普赛人美丽而桀骜不驯的灵魂。吉普赛人说，"弗拉明戈就在我们的血液里"。对于他们而言，弗拉明戈就是故乡，就是祖先，就是流浪，就是自由与生命。他们在舞蹈和音乐中倾诉他们的命运，他们的爱憎和向往。可以

说，世界上没有哪种舞蹈像弗拉明戈，拥有如此复杂、饱满的情绪和层次丰富的精神世界。

弗拉明戈就是吉普赛人的诗行，艳丽而自由；那种西方式的狂放和张力极富感染力。作为感情相对内敛的东方人，每一次欣赏弗拉明戈舞，我都深受感动。当我们诠释一个民族的来路，谱写一个民族的史诗，深入一个民族的精神内核，往往得益于源远流传的艺术样式。吉普赛人颠沛流离却坚韧浪漫的生活方式曾广受世人激赏，更值得赞美的是，他们在舞蹈和歌声中传唱和拓宽了他们族群广袤的世界——这就是最生动的诗歌。

地心的蛙鸣

○ 老　井

煤层中　像是发出了几声蛙鸣

放下镐　仔细听　却没有任何动静

我捡起一块矸石　扔过去

　　如扔向童年的柳塘

却在乌黑的煤壁上弹了回来

并没有溅起一地的月光

继续采煤　一镐下去

似乎远处又有一声蛙鸣回荡……

（谁知道　这辽阔的地心　绵亘的煤层

到底湮没了多少亿万年前的生灵

没有阳光　碧波　翠柳

它们居然还能叫出声来）

不去理它　接着刨煤

只不过下镐时分外小心　怕刨着什么活物

（谁敢说哪一块煤中

不含有几声旷古的蛙鸣）

漆黑的地心　我一直在挖煤

远处有时会发出几声　深绿的鸣叫

几小时过后　我手中的硬镐

变成了柔软的柳条

（原载《诗探索》2017 年第 2 辑）

导读

八百米地平线以下没有阳光和花香，也没有四季和美女，除了煤壁就是岩层，就是钢铁的支架、矿车、采煤机、钢轨、掘进机等冷酷、坚硬的东西，这是世界最没有诗意的地方。但对于一个诗爱者来说，必须在这里找到不朽的诗意和永远的浪漫，否则自己的灵魂就会坠入万劫不复的深渊。这首《地心的蛙鸣》在这样的心态下挖掘出的。那是一次春天的劳作，我在擦去一脸黑汗的瞬间，突然想起了煤原来是由亘古湖底的池泥演变而来，既然有湖水，那肯定就会有蛙鸣。有了蛙鸣，就肯定得有阳光、翠柳、童年等。再干活时我似乎从乌黑深邃的煤壁中听到了什么动静，于是我放下刨煤的镐，侧耳倾听，却没有任何声音，但是干活时却分外小心了，生怕自己刨到一个柔软、活泼的身躯。于是繁重的劳作也变得有了些趣味。时间过得快了许多。半班过后，我发现坚硬的手镐也变软了，像是变成了鲜嫩的柳条。在上井以后，便有了这首诗。

评论家流马是这样评论这首诗的：这是一个矿工内心的田园诗。身为矿工的作者，在繁重的劳作中，在与黑暗和矿石的交往中，内心并没有变得黑暗、冷酷、坚硬以及麻木，而实际上更加温暖、柔软和明亮，因为他的灵魂接通了煤石的灵魂，他体内的鸣叫呼应着煤石里的蛙鸣。我们在这首诗里没有发现工人诗歌里惯有的控诉和抗争，作者手里的硬镐并没有发出铿锵有力的质问和怀疑，但是这"柔软的枝条"比质问和怀疑更有力量。因为诗人意识到，底层的尊严与高贵是可以首先通过内心的美好建立起来的，需要保护和抗争的恰恰就是这份灵魂的尊严与高贵不受玷污，不受侵害。

流　水

○ 庄　凌

故乡像个整了容的人

近在咫尺却不敢相认

我说过的话，爱过的人

都在风中失散

路过儿时读书的小学

破旧的砖房早已

被崭新的教学楼代替

我也曾在这里像青草一样发育

但今天我是那么伤感

用野花虚构春天

用流水代替真相

（原载《人民文学》2017年第2期）

导读

小时候向往外面的世界，想飞得越远越好，长大后真的成了游子，在陌生的城市漂来漂去，夜晚只有影子相拥，我多想回到故乡，去重温山野的气息，淳朴的相邻，多想不再和亲人分离，不再独自垂泪——然而我又害怕回去，害怕遇见面目全非的故乡。

《流水》创作于2016年春，有事回老家一趟，当车子越来越接近故乡，我却越来越紧张，窗外的山光秃秃的，田园荒芜，路边也不再见茂盛的树木，我不知自己是在向前还是倒退。回到曾经生活的村庄，更多的是陌生，以前的老房子因建设规划几乎都拆了，田野也被挖了，村子里的人消失了多半，只剩年老的皱纹挤出怯生生的微笑，还有一群留守儿童迷茫空洞的眼神，在他们眼中我也是个陌生人，我带着新鲜又陌生的气息回来，喜悦与疼痛纠结在一起，让我沉默又忧伤。

路过儿时就读的小学，也发生了翻天覆地的变化，我最终还是没有走进去，回去也找不回了，一群群天真烂漫的孩子在校园里跑来跑去，或许我就是其中一个，儿时像青草一样顽强，想要快快长大成人，想要与明天相逢。

找不是找不到回家的路了，是找不到家了，我的根还在吗？现实与记忆的断裂，带来巨大的冲击，内心五味杂陈，我那可爱的故乡，那个在我诗歌中出现过很多次的故乡，此时此刻却无法温暖我。触景生情，我写下了《流水》这首诗，流水此处一语双关，既是我眼中的流水也代指时光，时光永不停止啊时光一去不复返，故乡随着时间在变化，我坐在小溪畔，回忆过去也幻想未来，在生活面前，我们只能一边失去一边寻找，真相只有时光的流水去认证。

那天我们行驶在乐安路上

○ 刘平平

快到高斗时，开车的继业说
东边是我们村，母亲和兄弟们现在还住在这里
西边是我家墓地，父亲和先祖都埋在那里
在那里，我，和兄弟们也都给自己划好了位置

开香坐我右边。她说，我不用那么麻烦
我只要埋在我喜欢的一棵树下
如果你们看到这棵树每年都开花
就说明我对这个世界还算满意

好像每个人都要说点什么
我说我喜欢海，是海的女儿
将来让儿子把我的骨灰撒在大海里
你们看到的每一朵浪花都是我的欢笑

只有曲柳一声不吭，他靠着椅背
坐在副驾座上不知在想什么。夏日的阳光
穿过玻璃窗进来，照得他稀疏的头顶
闪闪发亮……

（原载《诗探索》2017 年第 4 辑）

导读

中西方对死亡的最大不同，就是谈与不谈。孔子说"未知生，焉知死？"海德格尔说"向死而生"。

大圣如孔子者，在面对学生追问死亡问题的时候，也是很不高兴地如此回答的。海德格尔的观点则引导我们，只有无畏豁达地面对死亡，在活着的时候安排好身后事，才会活得潇洒自在，无拘无束。

中国人是忌讳谈死的，很少有人在活着的时候谈及死亡。就连我认识的一位著名诗人在看到我写的有关死亡诗时，也说，不要末日写作。

而在西方的文化中，却没有相关的禁忌。今年八月，我到法国巴黎探亲，在几天的游览中，我们特意挤出一天时间去拜谒世界上最大的拉雪兹公墓。那里汇聚了两百多年来世界各地的一百多万亡灵。可以说，在那里鲜见中国人（这与大型商场里到处都是中国人形成鲜明对比），我们所见的面孔几乎都是西方的，更不可思议的还有怀孕的妇女，她们和家人一起走在公墓里，很幸福很平和的样子。在中国，这是不可想象的。即使是亲人去世了，怀孕的女子最好也是不要参加葬礼，因此给很多人留下了终身遗憾。

我的这首诗书写得很偶然，这是我没有想到的。平时，我们都很忌讳，不可能在公共场合谈论自家的墓地、先祖，也不会在自己壮年的时候谈到死。那天，我们四个人乘同一辆车去参加一个采风活动，就像诗中说的那样，因为路过继业家的村庄，很自然地就谈到了他家的墓地、先祖，因为他的豁达乐观，我们也不自觉地谈到了将来，谈到百年之后，好像都是顺理成章的事，只有那个一声不吭的人，让我们思索良久。

死亡无论谈与不谈，都是我们最终的归宿，或墓地或树下或海里。重要的是"向死而生"能让我们从死亡的角度看向生命，让我们在活着的时候，珍惜现在，珍惜当下。

写小说的女人

○ 刘　年

"恨母亲，也不管我同不同意，一张腿
就把我生到这个荒凉的人世上"
她把烟头按在烟灰缸里，像在掐一个人

当过老师，会计，官太太，公务员
学过中医，种过葡萄，最终，她选择了写小说
"需要虚构足够多的人物
我没有朋友，却有严重的失眠和风湿"
墙壁上，安全套和消防栓放在一起

"不想结婚生子，不怕老无所依
唯一担心的，是像张爱玲一样，烂在房间里"

那天，她穿着葱绿的苏绣旗袍，衩开得很高
走着，走着，北京就成了北平
走着，走着，我成了一个万人侧目的汉奸

（原载《诗潮》2017 年 5 月号）

导读

这是向一个小说家致敬的诗歌。

在北京，我虽然住在三里屯，几乎没有社交，没有娱乐，没有接待。死神和理想加在我身上的惶恐感，让我觉得浪费一点时间都觉得是罪过。但这个小说家的路过，让我放弃一切，陪她看看三里屯的灯火、银杏和洋人，酒吧我们没有进去，我们都不喜欢喝酒，不喜欢吵闹。

"自古以来，就有埋头苦干的人，有拼命硬干的人，有为民请命的人，有舍身求法的人……"这片土地上，从来不缺鲁迅所说的这些人，只是这些人少，他们像孤岛一样，距离遥远，各自承受或者享受着自己的孤独。我觉得我就是那种拼命硬干的人，我干的是诗歌，她也是那种埋头苦干的人，她干的是小说。其实我们都不是脊梁，也不想做脊梁，只是觉得对，就去做了，觉得喜欢，就不惜付出很大的代价去做了。

平时很少联系，但会偷偷地关注彼此的消息，我们会通过阅读彼此的新作，获得慰藉和温暖。

在三里屯，我们说话很少，我们都习惯了孤独。

离别时，没有挽留，客套性的都没有，我们都习惯了孤独。

月 光

○ 刘 春

很多年了，我再次看到如此干净的月光
在周末的郊区，黑夜亮出了名片
将我照成一尊雕塑
舍不得回房

几个老人在月色中闲聊
关于今年的收成和明春的打算
一个说：杂粮涨价了，明年改种红薯
一个说：橘子价贱，烂在了树上

月光敞亮，年轻人退回大树的阴影
他们低声呢喃，相互依偎
大地在变暖，隐秘的愿望
草一般在心底生长

而屋内，孩子已经熟睡
脸蛋纯洁而稚气
他的父母坐在床沿
其中一个说：过几年，他就该去广东了

（原载《草堂》2017 年第 8 期）

导读

　　《月光》是我较为满意的短诗作品之一。诗歌中的自然生活场景，都是我少年生活的记忆，近于白描，没有丝毫变形和夸张。而最后一个场景则是我的想象，当然，这个想象完全是基于对现实生活的了解和理解而来。在我老家农村，中学毕业即赴以广东为主的沿海经济发达地区打工，几成定律。即使不去广东，一般也不会留在家里种田。曾有一段时间，我的家乡大量土地荒芜，农民宁愿让它荒着，也不愿种植水稻。

　　诗中还写到了农民邻居间关于农事的对话，对话的内容我深有感受。农民种田就是靠天吃饭，很少有长远的计划，前几年村里人种橘子挣了钱，大家就跟风改种橘子，孰料今年橘子太多，卖不掉了，烂在树上都没人要；起而代之的是杂粮涨价了，于是大家就计划明年改种红薯。这些现象在我老家都真实发生过。近几年，随着沙糖橘的风行，我老家农村又普遍种植沙糖橘了，但沙糖橘又能坚持多少年呢？当然，这并非此诗最重要的主题。

　　我想说的是：这些橘子大多是外人承包土地而种植的，农民青少年该在外地打工的仍然在外地，只有逢年过节才回家转转。

　　诗歌结尾所描写的那对父母对尚属少年孩子的担忧也许过于提早了，但这并非矫情。如果没有得到良好的教育，农村孩子长大后远离亲人，到异乡谋生，几乎是必然。现在如此，今后亦如此。有人说我通过这首诗让记忆中的温馨童年得以再现；有人说这首诗是通过对乡村环境和人物的白描，抒发对朴素生活的向往，同时暗含着工业社会的忧伤；还有人说我用诗歌的形式轻唱了一曲农耕社会的挽歌。我觉得他们理解得都很准确。其实，这样一首简单的诗歌，没有读者会理解偏差。

　　我并不讳言我对这首诗的喜欢。随着年岁的增长，我的文字越来越简洁、越来越质朴。十余年前所迷恋的修饰和饶舌，已经为今天的我所厌恶。我想写简单的、一针见血的、不矫揉造作的诗，真实而坦诚。做人也如此。

河流的第三条岸

○ 刘立云

他们那边叫阿穆尔河，我们这边叫黑龙江
我知道它还有第三个名字
叫墨河，隐藏着河流的第三条岸

那时我正站在江中心的古城岛，眺望雅克萨
河水寂寂流淌，像认出了我的亲人
放慢了脚步
它肯定看见我内心凄楚，眼里含着一大滴泪

现在，我应该对你说出这条河的容颜
它是黑色的，不是浓烈的黑
轻描淡写的黑，而是静水深流的那种黑
仿佛携带某种暗物质，让它不堪重负

那样的一种黑，我能找到的比喻是：一方
水墨，它留下的白
有如铁被磨亮之后，隐居在自己的光芒中

（原载《人民文学》2017 年第 5 期）

导读

两年前的八月,《诗刊》在黑龙江漠河举办第32届"青春诗会",我有幸前往中俄界河黑龙江中心航道以南,属于我方领土的古城岛凭吊。走到古城岛最北端,隔着半江流水,可以望见对岸的雅克萨古城,俄罗斯女人在江边浣衣和戏水的身影历历在目。当时,真就像我在诗里写的:"河水寂寂流淌,像认出了我的亲人/放慢了脚步"。因而我断定,在我眼前默默流淌的黑龙江,"肯定看见我内心凄楚,眼里含着一大滴泪"。

是我的心在流泪。因为在三百多年前,黑龙江是我们的内河,包括雅克萨在内,整个黑龙江流域的森林、草原、村庄都在我们的版图上。由于地广人稀,黑龙江以北地区渐渐被沙皇俄国蚕食。1688年,清光绪帝调集重兵,一举夺回雅克萨,进而与主动求和的沙俄在尼布楚举行和谈。然而,就在这时,国内发生了大规模东侵的噶尔丹叛乱,噶尔丹不仅有投靠沙俄倾向,而且存在切断我谈判使团归途之虞。为稳定东北边境,解叛乱之危,随后中俄迅速签订了《尼布楚条约》。尽管这是我国历史上少有的平等条约,但我们还是作了让步,致使雅克萨等大片领土重归沙俄所有。

在两岸茂密的森林间流淌的黑龙江，深沉博大，浩浩荡荡，像墨一样地流淌，泛出一种"静水深流的黑"。而这种黑，除了在遥远的岁月里沉淀了太多的火山石和火山灰，太多被霜天醉红的落叶之外，我认为还携带着某种不可言说的暗物质，因而"让它不堪重负"。那么，它携带的那种暗物质，是一种什么样的物质呢？请原谅我也说不出来，我只在诗中说"我能找到的比喻是：一方／水墨，它留下的白／有如铁被磨亮之后，隐居在自己的光芒中"。都知道水墨是中国传统文化中的一种特有元素，水墨中的留白，是一种此处无声胜有声的东西，诗写到这里，或者说导读到这里，再说什么，就是画蛇添足了。

题目《河的第三条岸》是我偷来的，源自阿根廷的一篇小小说。小小说的故事我忘记了，小说的寓意，是说原本只有两条岸的河流，它的第三岸，隐藏在临河而居的人们的心里。而黑龙江的第三条岸，我想，它既隐藏在历史深处，也隐藏在我们一代代人的内心深处，是我们这个曾经苦难深重的民族的一道暗疾。

谦 卑

○ 刘泽球

我喜欢独自在山间漫步

像累了的手艺人在一堆家具中间小憩

而我只是企图用想象去建造一些东西

而它们始终如同磨旧的老时光

一动不动地待在原处

甚至上一次经过的一棵歪倒的皂角树

芭茅灰白的毛须闪烁着银了的光

细长的沿阶草披着山坡向下流淌

红枫在冬日的荒草深处燃烧

夏天还有金黄和黑褐色的向日葵盘绕着山路

仿佛某种指引

每当我感到疲惫

我就会想起山路上的风呼呼响着

似乎也喜欢这孤独的时刻

仿佛山间的农舍，满足于谦卑地隐身

让我也情愿成为其中任意一件

可以俯下身子的事物

（原载《飞地》2017 年第 18 辑）

导读

在我居住的城市东面，是绵延起伏的龙泉山脉，其中一段被称为南山。山中有一个村子叫小河村，村子里没多少人，农户的房子也是稀稀落落的，当地政府给他们修了新的集中区——在山另一边比较远的地方。

周末的时候，我时常独自在南山浅草簇拥的小路上散步。那里可以遇到各种各样几十年保持不变的事物，正如诗中写到，我"像累了的手艺人在一堆家具中间小憩 / 而我只是企图用想象去建造一些东西 / 而它们始终如同磨旧的老时光 / 一动不动地待在原处"。这些熟悉的事物，既有自由生长的树木，也有农家沿着山坡种下的向日葵，仿佛是一种乡愁似的指引。

诗人大抵是喜欢寄情山水的，因为它使人暂时抽离了日常空间的烦扰，更意味着某种内心的归宿，或许可称之为精神的家园。

我的眼前不时出现安顿在树荫和山坳中的农舍，它们安静地垂下头颅，如同它们卑微的主人。我仿佛透过它们看到英国作家罗斯金在《建筑的诗意》里所写到的欧洲乡下，宁静、和谐、不被打扰。这是一种人类共有的朴素情感，时光和住所展现出巨大的接纳能力，让我们的灵魂获得安静。

我的耳边响着山路上传来的风，仿佛深一声浅一声的呼唤。面对这些从来就没有改变，也不准备改变的山中景物，我不能像个风景的掠夺者拿出相机，而是如那些沉默的事物一样，自觉地俯下身子，如同我们都是大地上谦卑的事物。

拥　抱

○ 灯　灯

我的母亲从不知道拥抱为何物

她没有教过我

和最亲的人张开双臂，说柔软的话

她只告诉我

要抬头，在人前，在人世……

她说，难过的时候，就望望天空

天空里什么都有——

到了晚年，我的母亲开始学习拥抱疾病，孤单，和老去的时光

开始

拥抱她的小孙子——

有一次我回去，看见她戴上老花镜

低头翻找她的药片——

那时，天边两朵云，一朵和另一朵

一朵将另一朵

拥入怀中

仿佛这么多年，我和母亲

相互欠下的拥抱。

（原载《中国诗歌》2017 年 2 月号）

给母亲写过很多诗,《拥抱》是其中的一首。和其他写给母亲的诗不同,《拥抱》所探索的,不只是亲情关系(母亲和我,及潜在的我和孩子的关系),还包括中年和老年所面临的,各种困境的探寻。

童年的经验,几乎构成了我对存在表达的主要来源和依据。当我也成为了母亲,当我的孩子一天天长大,母亲一天天变老,当我一步步走到中年,我惊讶地发现:过去的母亲,就是现在的我,诗中的我——"我"不会向最亲的人张开双臂,说柔软的话;"我"只会在难过的时候,望望天空……也就是说,时光流转,但生命在以不同形式重复和轮回。与此同时,令我更惊讶又不得不接受的事实是,母亲现在晚年的样子,就是我后来的样子,也或是所有人最终的样子:

"学习拥抱疾病,孤单,和老去的时光"。

《拥抱》一诗,读者轻易可以读出我的母亲形象:倔强,要强,不善表达(哪怕对最亲的人),同时,她的形象又是属于她那个特有时代的,是充满命运特征的,当然,她也是怀抱希望的,自我慰藉的:"天空里什么都有。"

《拥抱》诗中,与其说"拥抱"是个具象的动作,不如说"拥抱"是个意象,是一种对亲人的态度,对时光的态度,对生命的态度;与其说我的母亲不懂拥抱,不如说是我不懂拥抱,当我和母亲,如今分别站在岁月的相邻阶段:中年和老年,我想,面对存在,我是审视的,愧疚的,愿望表达的,而我需要学习的还很多,包括理解,包括原谅。当然,也包括"拥抱"。

午休时间的海

○ 江红霞

午休时间的海，呈现一片香槟色

一个女人拎着高跟鞋，独自

走过沙滩，在几个放风筝的孩子跟前

停下来。她深呼吸，面朝大海

整个世界像在太空漫步

她的工作地点可能就在附近，一家公司

或者机关里的一间办公室，午休时

有人打扑克，有人侃大山

有人要迷糊一会儿

她坐在沙滩上，细数心里的沙子

海风揶动她额前的刘海，她忽然笑了

低低地。后来，她起身

离开这里——海风用力推开的

商贩叫卖声的地方

恋人海誓山盟的地方，失恋的人

结束自己的地方，疯狂的人

狂欢的地方，孤独的人独处的地方

如果你也坐在海边的咖啡店

透过玻璃窗，欣赏午休时间的海

你会和我一样爱上这片沙滩

爱上柔软潮湿的沙子

爱上众生，以及那个拎着高跟鞋的女人

她的脸上，盛满了太阳的光辉

（原载《中国诗歌》2014年第5卷）

导读

我见过各种颜色的海。湛蓝的，润绿的，香槟金的，漆黑的——是的，您没看错，夜晚的海，黑得无边无底。

我见过各种海边的人。喂食海鸥的游客，疾步的健身者，放风筝的孩子，钓鱼的老人，冬泳的市民，卖珍珠项链的商贩，醉酒的单身汉，礁石上偎依着的恋人……他们来来往往，川流不息。

一座伫立在海边的城市，一群奔忙在城市角落的人。我是其中的一个。在这里，大海不是生活的点缀，而是必需品。

海边的建筑越来越多，越来越高。写字楼，酒店，咖啡馆，健身房，一步步逼近大海。海风依旧，时而凛冽时而温柔。在海风穿不透的玻璃幕墙后面，有人和我一样，偶尔陷进沙发，端起一杯咖啡向窗外望去——海边流动着色调各异的喜悦和悲伤。大海用宽宥喂养着这座不大不小的城市，喂养着我们簇新的生活和膨胀的时代。

面朝大海，春暖花开可以，泪流满面也可以。海水大方地收纳各种笑声、委屈和仇恨，又大方地吐出贝壳般天然的爱，只要有心，伸手便可捡到。

中午的海边，常有身着职业装的行人迎面而过，他们和我一样，匆匆穿行于职场、家庭和社会的网中，也许只有午休时间能让脚步慢下来。在石老人海滩，我脱下高跟鞋，用沙子按摩内心深处的另一个世界——我看见了众生，看见了自己，仿佛窥见海底的光，仿佛采集到背对大海的勇气。

鸦群飞过九龙江

○ 安　琪

当我置身鸦群阵中

飞过，飞过九龙江。故乡，你一定认不出

黑面孔的我

凄厉叫声的我

我用这样的伪装亲临你分娩中的水

收拾孩尸的水

故乡的生死就这样在我身上演练一遍

带着复活过来的酸楚伫立圆山石上

我随江而逝的青春

爱情，与前生——

那个临风而唱的少女已自成一种哀伤

她不是我

（并且拒绝成为我）

当我混迹鸦群飞过九龙江

我被故乡陌生的空气环抱

我已认不出这埋葬过我青春

爱情

的地方。

（原载《福建文学》2017年第7期）

文字为我们保存下某一天活过的证据，譬如创作《鸦群飞过九龙江》的这一天：2013年4月6日。我先是腾空饭桌上零乱的杂物，铺展开一张宣纸，拿出笔墨，用笨拙的手法画出横向的曲线称为流水，再画出竖向的直线称之为树，最后点上一个两个小黑点称为鸦群。我想到了我故乡的母亲河九龙江，这条福建省第二大河流，最早名叫柳营江，为的是纪念开漳圣王陈元光插柳为营。后因传说此江有九条龙出没，遂更名九龙江。

九龙江穿漳州城而过，到达厦门后流入台湾海峡。春夏季节，每到傍晚，九龙江便承纳了漳州人的欢乐：纳凉、游泳、赏景。九龙江畔的圆山，有着富士山一样浑圆的山形，一年四季郁郁葱葱，是漳州城的自然地标。秋冬季的九龙江也不寂寞，谈恋爱的青年男女最喜欢在茂密的竹林间卿卿我我，我自然也不例外。如同每一条河流都会遭遇悲伤的事故，每年，漳州城都会传播着九龙江又溺死几个人的消息，

但这并不能阻止人们继续到九龙江游泳。每个人心中都存着朴素的生死观，所谓死生由命、富贵在天。一代一代人喝着九龙江的水、用着九龙江的水，也经历过台风天九龙江涨大水的暴虐（1960年6月9日，老漳州人口中的"69大水"），出生、成长，都与这条江息息相关，直到老死。也有的中途离开，到异地谋生，但回首故乡，九龙江便会顽强地浮现出来，静静地流淌在远行游子的心田里。

触发本诗创作的另一个由头是我的女儿，那年她16岁，高一女生，有一次我们在电话中聊起她的志向，她一直说想唱歌。我认为我们家没有这方面人才，这条路很难走。我希望她走写作的路，她有这个天赋，小学时的作文都发表过。但我的女儿很坚定地说，我不想写作，我不想像你一样因为写作离开故乡，我不想成为你。那一瞬间羞愧和自责涌上我心头，现在，当我在键盘上敲打出女儿的话，泪水不知不觉弥漫眼眶。

红碱淖

○ 孙晓杰

我第一次到红碱淖的时候

已是黄昏。靛蓝色的湖面铺满了

红色霞光。她的蓝一定喜爱

这种红。喜爱名叫红嘴鸥的水鸟。喜爱

名叫红石峡的山谷。尔林兔镇的

主人，端上一盆银鱼

它们是一个西汉女子的眼泪，在沙漠的

泪囊，带来大海的幻象……

第二次到红碱淖是正午

暴烈的晴日下，她恍如一块金光

闪射的蓝色钻石

我躲在太阳伞下，脚下是潮湿的岸沙

当我潜入湖中，我感到

天空的重和身体的轻

我比她更赤裸，更渴望抚摸

我的发丝，染上了她的碱白……

今天是我第三次来，与许多和我一样

喜爱做梦的人。自称神子的人

一群越来越少的人

恰似这湖面，越来越小

此刻爱神悄然降临——

一对鸳鸯在湖面上出现

篝火在空阔和寂静的夜晚点燃……

我将在她消失的时候来最后一次

我会蹲伏下来，像一颗诉说记忆的水滴

（原载《人民文学》2017年第3期）

导读

　　如果一定要说它有什么特别之处的话，就是诗人所写的红碱淖，不是我们常见的湖泊，而是一个沙漠之湖，地处毛乌素沙漠与鄂尔多斯盆地交汇处。"淖"是蒙古语对湖泊的称谓。这些便构成了某种陌生感。而陌生感对于一首具体的诗歌，显然是十分重要的，否则我们刚进入审美便感觉审美疲劳了。

　　红碱淖有一个美丽的传说。相传当年王昭君远嫁匈奴，途经此地，下马回望，想到从此乡关万里，不禁悲泪如雨，七天七夜不绝，遂成此湖，故"红碱淖"又名"昭君湖"。这就使此诗获得了某种历史纵深感和广阔感。诗中遂有"西汉女子的眼泪"，"沙漠的泪囊，带来大海的幻象"之句。

　　一般写游历诗，通常是一次游历纪行，此诗写了三次游历，时间跨度大约有三十年，这就使三次游历有了象征意味：它可能代表了我们的青年、中年和老年。一片湖水在不同时期，有了不同意义的嬗变。

诗中对于"第一次"的叙写，注重色彩的氛围。以红碱淖的"红"为着眼点，用"红色霞光""红嘴鸥""红石峡"这些身边之物，将"靛蓝色的湖面"凸显了出来。而随后的"一盆银鱼"，也有银色月光之喻。诗中的"第二次"，"潜入湖中"如入纷攘世界，有一种"天空的重和身体的轻"的飘忽感，有"比她更赤裸，更渴望抚摸"的焦虑感，有"我的发丝，染上了她的碱白"的挫败感，也可能是满足感，因为诗人毕竟获得了她的某种沧桑感的赠予。诗中的"第三次"，写了一群"喜爱做梦"的诗人，既反比诗意自然、诗意人生的减少，又心有强烈不甘："爱神悄然降临——/ 一对鸳鸯在湖面上出现 / 篝火在空阔和寂静的夜晚点燃"。诗的最后两句，是自然主义的挽歌，也是诗人内心的渴望："我会蹲伏下来，像一颗诉说记忆的水滴"。诗人在"消失的时候"，仍然是谦卑的。

父亲，小侄子和我

○ 羽微微

他很爱那个羸弱的小小儿童
"他不在家，家里很安静"
他再次这样说。他有很多说过的话，期待我提问
他便再说一遍。有一次父亲放下饭碗，猜测着
"镇上的幼儿园也不很差吧"
我说市里的好。他看着我，然后点头

这个在年轻的时候，拥有无穷力气的人
这个可以一掌推开母亲，把她摔倒在地的人
这个在我孩提时罚我跪着认错的人
这个在镇上有着无上权威的人
这个我从没有感受过他拥抱的人

我热衷于跟他谈这个儿童
仿佛从中得到我的父爱

（原载《作品》2017 年第 8 期）

导读

这首诗总会让我回到那个下午，父亲的脸庞开始浮现，他的中山装，他的鼻子和嘴巴，多么清晰啊，那个永不会随时间流逝的下午。如诗中所写的那样，父亲放下饭碗，侧着头问我："镇上的幼儿园也不很差吧？"

父亲想让我说出他心目中的答案——嫂子要带小侄子去市里的幼儿园，他很舍不得。他等待着，但我摇头，说市里的好。父亲看着我，然后点头。

谁知道我有多羡慕小侄子呢，在我的记忆里，我从来没有得到过这样的疼爱。父亲更爱姐姐们多一点吧，她们陪伴他度过漫长的"文革"岁月。父亲更爱

哥哥多一点吧，他是父亲的独子。而我是他在五十岁才生下的小女儿，脾性古怪，爱顶嘴，惹他生气——是这样的吗？

还是我一直想有一个慈祥的、善于表达感情的父亲？所以我那么热衷地跟他谈这个儿童，看他流露出疼爱、欢喜。仿佛可以回到自己想要的一个童年。

摇头的那一刹那，我真的没有更合适的表达方法了吗？

我还是要感谢自己写下的这一首诗。把父亲永远地留在了这一首诗里。他活着，他侧着头，他流露着疼爱和欢喜。而我坐在他的身旁，是一个渴望得到爱的小女孩。

如何达到真实

——观画家卢西安·弗洛伊德

○ 扶　桑

真，是残忍的。

你敢于直视？
这些裸体
这些男人、女人、老人
这些畸形的肉
一丝不挂的疲惫、茫然、悲伤
他们意识不到自己悲伤

这是人类的模样
这是十九世纪的模样
这是孤零零
正待被宰杀的动物躯体
没有祈祷仪式
没有受洗

（原载《人民文学》2017 年第 1 期）

导读

每一首诗的发生，都不尽相同。我观画家卢西安·弗洛伊德的那些画，不得不说，有一种近乎生理上的抑郁不快，一种我几乎不愿正视的压抑无望……

据说卢西安·弗洛伊德对文艺复兴时期的大部分艺术都有一种接近本能的憎恨。据说他抱有这样的观念：人永远也不能忘记他就是堕落主体这一事实。他的画作似乎的确验证了这一点。

他的画没有传统意义上的美感，丝毫也不令人愉悦——他似乎丝毫也不打算取悦谁。

他画笔下的那些人物从不优雅美丽（哪怕贵为女王），而是眼神呆滞，面孔与肉体粗俗丑陋，姿态扭曲难堪，令人不快、不安，令人痛苦、震撼。

然而正是在此种不快不安中，我们强烈地意识到：他画的已经绝非是一具具单纯的人类肉体，而是一个个人物的精神状态。他画的是一个可悲时代的精神肖像。

这位画家中的卡夫卡，就像一位严苛的解剖学教授，把一具具人性的标本无遮无掩地袒露在他的解剖台上。"真，是残忍的"这首诗的第一句，也是最重要的一句，就这样应声而响，自己来到我的心中。就像一道豁然打开的门，把其后的诗行有如门后的台阶，一级一级，引导和呈现了出来。

这并不是一首令人愉快的诗。正如生活和人性的某些残忍真相。我们不能回避它。我们只能认识，然后面对，以自己的方式。

独弦琴

○ 花　语

我注定不是为凡俗而生。每一天
神都在深夜把我叫醒
让我清洗内心的沉痛
交叉而过
与戴面具的人流，勾手点头
我表面的粗粝
是因为现实与我的所想
反差太大
因为被反复掏空，而抑郁太多
我显得浮躁，而不停地奔跑

我是一把独弦琴
没有人弹我
常常在夜里，与黑对话
枕边的风，拖着尾巴
它说，花语，你流沙一样的生命
是另一种，壁挂

（原载《星星》2017年3月上旬刊）

导读

这首《独弦琴》写于 2008 年西安长安县的东三爻村，是对我自身宿命最真实的写照。我属于多血质和胆汁质复合，性格多重又矛盾的人，表面的达观豪爽与内心无可替代的忧郁，成反比，并相生相伴，一方面，内心在接近现实里根本够不着的无限浪漫和唯美，另一方面又不愿低卜头颅，佝腰入俗，把自己扎入鸡毛蒜皮的柴米油盐酱醋茶中，去真正谈婚论嫁，我并非独身主义者，从围城里杀出的十五年，选择的是一条写作，奔波，不停地变换工作城市，变换工作地点，变换工作甚至跨行，反复变频的独行之路。这需要强大的内心做支撑！

我的不管不顾，根源在于我对死的无所畏惧和对人类的不信任。我相信爱情，但不相信永恒和婚姻。在我看来，人类的温情，浪漫，善良，美好，甚至伪善，优雅，粗俗，虚妄，在时间浩瀚的浊流面前，渺如尘埃。没有人能逃脱时间这个杀手！正是基于这点认识，我不为死亡悲哀，那是人类的必经之路，如同发芽，分蘖，盛开！

每个人的生物钟似乎也是宿命，我几乎每天都会在凌晨醒来，并有写作的愿望，而诗是最好最便捷的出口，这首《独弦琴》写于那年的冬天，孤独寒冷的西安城中村，那时地铁还没有开通，无比拥挤的西安城每天有我奔跑的身影，我常常饥渴难耐被撂在坑洼的半道，如同我在更加无奈的北京，东跑西颠，搬来搬去的生活。

我做过工厂的材料会计，成本会计，主管会计，开过时装店，开过机电修配厂，做过不称职的保险销售员，是认真又负责的诗歌编辑，地产项目财务负责人，企管办经理，写过诗，也写过企业管理制度，及各种乱七八糟的公文。一直以来，在一天天心有不甘又日渐苍老的路上，我与命运抗争，与自己，与欲望，与想要的爱情，与琐碎的庸常，与拒绝抗争，独自弹奏的岁月，活色生香！

生日快乐

○ 苏历铭

不想惊醒女儿英伦求学的睡梦

又想第一时间送上生日祝福

整整一天反复查看时差

耳边隐现她出生时

清脆的啼哭

必须承认，从护士手中接过她的瞬间

迅即紧紧抱在怀里

每走一步都格外小心

生怕尘世的噪声惊扰酣睡的笑容

依然记得她倚着镜子学会站立

摇摇晃晃扑到我的怀中

以及在越洋电话里羞涩地喊我：

爸爸

今天我的脑海里全是女儿

虽已长大成人

却是永远长不大的孩子

多想让她重回襁褓之中

我会更像父亲

呵护她重新慢慢长大

雨夜中的想念是湿漉漉的

因为她，有时我要向世界妥协

血脉相连！撑一把伞

不想让飘逸的秀发落上一滴雨水

而现在，她在地球的另一个方向

独自面对昼夜颠倒的裂变

化解内心所有的纠结

露出阳光般的笑脸

将来我想和她成为邻居

每天都能看见窗子里的灯光

看见她的身影

即便我们并不天天说话

（原载《诗林》2017 年第 3 期）

或许是缺失乡村生活经验，我的诗大都指向都市生活，从身边的小事物中发现隐藏的诗意，或是在表面上看并无诗意的小细节中，挖掘和呈现诗的存在。缺乏把控宏大题材的能力，我格外注重自身及身边的经历或经验，每一首诗都是具体的，一定是触碰过自己的内心，始终忌讳莫名其妙的表达。

《生日快乐》是写给女儿的。当时我在上海出差，恰好经过她曾就读的大学，而此时她已毕业刚刚赴英国求学，心中的牵挂顿时比任何时候都强烈起来。在国内时，每次生日我都会送给她一个小礼物，而现在远隔东西半球，无法再当面表达父亲对女儿的祝福，整整一天我被这种伤感的情绪影响着，当晚伏案急就此诗，想把它当成给女儿的生日礼物。女儿是表面文静内心坚强的孩子，从小到大一直有自己的想法和方向，这让我省心省

事，沉湎于各种现在回想起来大都是无意义的琐事。对女儿的嘘寒问暖，大都停留在作为父亲的天职，很少陪伴女儿的日常成长，当意识到她突然变成大姑娘了，我的内心有一种惭愧和怅然若失的感觉。因此我在诗中写道："多想让她重回襁褓之中／我会更像父亲／呵护她从新慢慢长大"，我想在记忆中有更多和女儿共同的美好经历。

诗是不能硬写的，诗人不是技术工种。无论诗的形式怎么变化，它的基本要素是不能丧失的，比如诗的情感。敬畏诗歌的做法是：我不会把一时的虚空念头，虚妄想法，或者虚无思考，悉数落实到自己的诗中，更不会把非自身体验的词语简单移植到诗里。诗不需要高深莫测或装腔作势，我以为，触碰内心、打动别人是诗歌不可或缺的要素，诗就是诗，我不会把诗变成另外的东西。

妯娌张红平

○ 李　点

南臣赞村村民张红平

吴占雷家的

怀二胎时生育间隔不符合国家规定

被迫大月份引产

那团肉被扔进一个

肮脏的塑料桶

她娘用一根捅火筷子扒拉两下

那团肉就无声地抽动两下

她娘的手就哆嗦两下

那是个女的

她娘说

每次说到这里

张红平就会停一下

然后，她说

是女的我就没哭那么厉害

（原载《汉诗》2017 年第 2 期）

导读

二十年前，我回农村老家探亲，适逢妯娌小产在家休息，和她聊到农村妇女的各种生活经历。不同情形下的妊娠终止，是很多妇女都有过的。

我只是从一个母亲的角度，想如实陈述一个事例，一个孕育了几个月的小生命被理所应当地剥夺了生长的权利，仅此而已。

我无意要唤醒什么，昭示什么，而只是如实写出它来，还原当时的现状。事实上，最大的悲痛不在于麻木，而在于缺乏直面悲痛的勇气。

"那团肉就无声地抽动两下 / 她娘的手就哆嗦两下""每次说到这里 / 张红平就会停一下"，除了揪心和疼痛之外，你也会看到作为母亲的张红平以及她的母亲所流露的母爱与人性的温暖。

木 槿

○ 李 荼

喜欢普通的夏天
以及在夏天盛开的木槿

它开在我家小区
整个夏天都没死
当我站在楼群拐弯处
回头望见它：
乳白色花瓣，花心里蝴蝶样黑斑

它不是疯掉的花
七月一到，便规规矩矩开花
规规矩矩长叶，发出簌簌的响声

这个小区里的人
每天有人经过它
没有一个人正眼瞧过它
只有我和我的狗享受它
逗留在它的花影下

世上的花，我独爱木槿

爱它的花期，它的颜色

它树样的身高

爱它

在遮住一楼小卖店后

透出稀疏的光

（原载《汉诗》2017年第2期）

导读

在红旗家属院还未曾像现在被物业见缝插针开发出如此众多的停车场之前，院里最常见的是木槿，木槿产自南方，多见于江苏、湖北等地。在南方常被当作树篱，装点安静朴素的农家小院。插满木槿花的农家小院经常出现在我梦里，是我心驰神往的地方，而在北京，在我居住的红旗小区，木槿花只能作为普通的观赏植物，被大多数人所忽略。

与忙碌的人群不同，我属闲人，有大把时间，我时常独自在小区内溜达，院里的月季、凤尾、木椅、垃圾桶、狗屎都与我亲近。众多花草中我独爱木槿，它在7月开花，植物比人诚实，花期一到"便规规矩矩开花，规规矩矩长叶，发出簌簌的响声"。花开时，我常常站在花树下，面对满树眼花缭乱的花朵默想："树也许不认识人，但'灵魂认识灵魂'"我固执地认为万物都是有灵魂的，一株木槿花的灵魂绝不比一只宠物狗低贱，它存在于我的生活中，与我共享红旗小区的蓝天，而一首诗的诞生绝不仅仅是为了欣赏花朵的美丽和高贵，还要能体会花开的艰难和花期的短暂，是的，木槿花开很短暂，就像一记耳光那么短暂，转眼夏天就过去了。我一个字也没写。

直到翌年夏天，也就是2017年夏天，我记得很清楚，那天小区内突然开进来好几辆大货车，货车上齐刷刷跳下好几个环卫工人，他们光着膀子，挥舞着农具，把一棵一棵正在生长的木槿全部砍掉，（仅仅为了满足人们日益膨胀的对于停车场的渴望）物业一声令下，所有工人都挥起了砍刀，工人们干得很卖力，整个过程没有一个人说过一句话。成堆的木槿花被铲入垃圾桶，塞不进去的被用铁锨铲进去，垃圾桶外还裸露着新鲜的花朵。我热爱的花瞬间消失，取而代之的是，成片看起来崭新而陌生的停车场，当然这件事对于某些人来说是喜悦的，但是对于我则是愤怒，无法排解的愤怒，我必须写首诗来祭奠那些死去的花朵，安抚她们无辜的灵魂。

现在，曾经

○ 李　南

现在，我获得了这样的特权——

在文火中慢慢熬炼。

曾经厌恶数学的女生

曾经孟浪，啃吃思念的果子

曾经渎神，蔑视天地间的最高秩序……

现在，我顺从了四季的安排

屈服于雨夜的灯光

和母亲的疾病。

我终于有了不敢碰触的事物

比如其中三种——

神学、穷人的自尊心，和秋风中

挂在枝条上的最后一片树叶。

（原载《诗刊》2017年1月下半月）

导读

生命曾经盛大，如夏花绚丽。每个人都有曾经，每个人也在经历现在。

人到中年后，诗歌的直觉开始迟钝，而对生命的沉思比例加大。曾经壤燦的生命，不之热烈、激荡、盲从和荒唐，想来羞愧，想来悔恨。

一首诗的起因缘于什么？有时真的是说不清，我这种无根的写作大多数不依托一个抒情的母体，我沉思生命、时间、熟悉又陌生的事物……我时常狂喜，时常沉默。

在这首诗中，我只是抓取了过往生活中的几个片段，这几个片段远远不能反映出一个人所有的经历，但对于一个人年轻时的荒唐和狂妄有所显现。

现在呢？随着成长和经历，随着阅读和认知，一个人对事物的认识有了自己的切身体会——当然，并不一定是新的体会，这种体会甚至是每个人相通的，是共识，而诗歌的秘密就是把这种认识过程，用诗人独特的笔记录下来。

经过几十年与强悍命运的博弈，认输的最终还是我们。生而为人，我们普通到只为雨夜的灯光流泪，只为母亲的疾病屈服。曾经的雄心壮志，曾经的桀骜不驯，现在都已经被时间驯服，那么这个世界上还剩下些什么呢？我想一定有真切的情感，未知的国度，人类的尊严，和人所拥有的悲悯心。

这首诗并不是一气呵成，而是沉淀了几年，最终使它丰富起来，完整起来，从一堆沉睡的文字中把它打捞出来。

潜伏者

○ 李小洛

其实已经没有什么秘密
天空早已将一切看穿
洪水在七月总是比人更高一筹

我在洪水中潜伏下来
在每一个可能的时刻
夜里也不浮出水面
梦中的一些奇遇，梦中
渴望得到你的胭脂和菩萨
其实是为了来生相见时
能有一个醒目的印记

风也早已失去了力和速度
还有什么可以炫耀
从孤岛返回，那是一次难忘的旅行
没有摄像师、灯光、舞台
没有变魔术的人
我再也回不去了，再也不能回去

最后的审判到来之前，活着或死去

我都将保持沉默

一旦开口，就什么也没有了

（原载《西安晚报》2017年4月16日）

导读

2008年之后，将近两年时间几乎没怎么写诗。也许是因为世界太喧嚣，声音太嘈杂，滚滚红尘唯以沉默相应对。也许冥冥中还因为一种令人隐隐感到不安的恍然，似乎还有一种不好的感觉，觉得自己身体里的某种温度和魔力正在抽丝般消减和衰退。不断后退，却无法返回。回到故乡，却无法抵达从前的春天，从前的河流和田野。那曾包裹、托举、温暖并一直推动着我前行的风，也在这期间，丧失了应有的力和速度。

大量的时间被我用来画画，并沉溺于此。说不清是厌倦还是慵懒，也可能是为了有意回避疏离那个火热的诗歌现场，变成另外一个陌生的自己。两年时间，画画并阅读大量中西方绘画理论和画家传记。线条的勾勒，墨色的烘染，与尘世纷扰隔绝的安详和静谧，无奈，无意间的隐身术，分身术，意外地令自己变得轻盈和明澈。可以说，绘画在这时候的恰当出现给了我极大的安抚、慰藉和一双飞翔的翅膀。它不仅令我欣然于这份沉默，更令我安享这份安然。

2010年7月，连日大雨，令汉江暴涨，安康城遭遇洪水来袭，大雨肆意的夜晚，城中的防洪警报彻夜呼啸。坐在灯前，睡意全无。忽然想写点什么，两年积攒下来的一切似乎都在这一刻随着洪水终于找到决堤的出口。那一晚，我写下了两年来第一次令自己酣畅舒心的组诗《沉默者》《旁观者》和《潜伏者》。"每天都要抽时间，去那些空了的房子里看看，但已决定不再开口讲话，简单的招呼，问答，也不会有了。我要让这一切成为习惯。"

最后的审判到来之前，活着或死去，我都将保持沉默。嗯，在洪水中潜伏下来，在每一个可能的时刻。夜里，也不浮出水面。挺好。

珞珈山的樱花

○ 李少君

樱花是春天的一缕缕魂魄吗？
冬眠雪藏，春光略露些许
樱花一瓣一瓣地应和开放
艳美而迷幻，音乐响起
万物在珞珈山上依次惊醒复活

珞珈山供着樱花如供养一位公主
绿色宫殿里，唯伊最为美丽
娇宠而任性，霸占全部灿烂与光彩
迷茫往事如梦消逝，樱花之美
闪电一样照亮在初春的明丽的天幕

珞珈山上，每一次樱花的盛开
仿佛一个隆重的春之加冕礼
樱花绚丽而脆弱，仿佛青春
年复一年地膜拜樱花即膜拜青春
春风主导的仪式里，伤害亦易遗忘

偶遇风或雨，樱花转瞬香消玉殒

一片一片落樱，飞舞游荡如魂

萦绕于每一条小径每一记忆角落

珞珈山间曾经或深或浅的迷恋者

因此魂不守舍，因此不时幽暗招魂

（原载《长江文艺》2017 年第 7 期）

导读

珞珈山每年樱花盛开的时候，就是一个盛大的节日，数百万人涌入武汉大学校园，青年学子们更是兴高采烈，载歌载舞，举办各种活动、展览、比赛和舞会，宛若青春的盛宴，持续了数十年。

青春的盛宴少不了诗歌。于是，珞珈山的樱花诗赛也是每年一度，至今已举办三十四届。我清楚地记得第一次参加"樱花诗赛"时，是1986 年春，在武汉大学教二楼一间教室里，灿烂如云的樱花包围的教室里，人群拥挤，水泄不通。著名诗人曾卓先生披着围巾，在一众人等簇拥下，从樱花树下飘然而至，大家自动为其让出一条通道，曾卓先生面带微笑，有些瘦弱，但其风采俊逸潇洒，自有一种迷人的气质。那时，大家对诗歌都怀着虔诚之心，不因场地狭小影响情绪氛围。回想

起来，那时窗内人物神采奕奕，窗外樱花绚丽闪亮，人物鲜花相互辉映，呈现一种诗意盎然的场域。

这些年，我每年都担任樱花诗赛评委会主任，重新感受到了樱花、美与诗歌的迷幻意境。每一次回去，都是新的青春面孔，每次来接我的以及和我洽谈评审细节的都是珞珈诗社新的负责人。而校园里到处樱花烂漫，一场春风吹拂中隆重盛开，又因为一场春雨飘零坠落。花开花落循环不已，而校园里的莘莘学子，前一届学生毕业走了，新的几届又跟上来。这样说来，樱花诗赛就像一个典礼，既是新一代校园诗人的成人礼，又是即将毕业的一代校园诗人的青春祭祀。这种感受，随着我每年参加樱花诗赛，越来越强烈，于是，有感而发写下了这样一首诗歌。

吹 动

○ 李轻松

李白照着月亮的我境
这月的霜华，吹动那人格之美！
东坡照着月亮的物境
这月的冷暖，吹动那超然之美！
若虚照着月亮的虚境
这月之无穷，吹动那哲学之美！

月啊，让风吹动你的宇宙，我的洪荒
让那须臾而生的事物转瞬消亡。
月啊，让诗吹动你的嫦娥，我的广袖
是你让孤独丰富了心灵，
还是让心灵体味了孤独？
月啊，你流走了三生的春水，
却流不尽我半世的青春。

让花儿吹动那临风的少年
让白发吹动那乌黑的镜台
让酒杯吹动那葡萄的灯盏
让碎心吹动那寂静的光芒

我们想要的永恒，各在心野——

月就是我，我就是月。
月照着我，我照着月。
我要飞啊，飞向那澄澈的天空，
那无边的宇宙。用春秋、用魏晋、用唐宋
用武陵前的一声轻唤
来了？是了，我抱拳施礼，来也——
江水屏住呼吸，仿佛所有的气息与神韵，
都凝聚成清丽的骨骼与魂魄！

（原载《诗刊》2017年6月上半月）

导读

大概从2013年开始，我重读《春江花月夜》的时候，觉得一下子与张若虚拉近了距离。认真地去查找资料，发现只有十六个字。这让我对他充满了想象，他有着怎样的人生经历，又是如何写出这首盖唐孤篇。几年来，我对此几近痴迷，写了几个版本的剧本，包括话剧、京剧、诗剧与国乐剧，我尝试着从不同的角度与侧面去诠释他与他的诗篇。

当我把几个版本的剧本写过之后，忽然之间我感到了极大的不满足，内心里有一个巨大的空间似乎被什么一下子打开了，让我不吐不快。它是什么呢？不是静谧，不是涌动，不是喧嚣，不是荡漾，而是一种轻轻的吹动。这个词那么打动我，我被什么吹动了呢？不只是风，是词语、是月光、是历史中那曾经幽暗的部分，它们瞬间都有了气息，有了起伏，有了可以相接的呼吸。那种通透感让我满心的江水，满心的花开。

在这样的时刻，我觉得不论什么体裁都无法呈现我内心的景象，只有诗歌。我发现，有时诗歌碰到了需要的语境，便会显示出无可比拟的空间感。对于这种形而上的表达，我坚定地选择诗歌。于是，我一气呵成，写了大概有三十首关于月光、江水、春天与寻找的诗，《吹动》是其中一首，也是开篇。

你从哪里来又往哪里去？为何独独你没有那尘世的故事？你如何是身在红尘超脱了红尘而与日月同在？你能写出如此的孤篇证明你历经了漫长的写作岁月，你从何时开始挣脱人世间的羁绊而把目光转向了宇宙？你曾经有过什么样的人生才会如此的高拔与辽阔？"顶峰中的顶峰"，但你的诗篇都哪里去了？每每想到，你曾有那么多的作品像江水一样付之东流，心里便漫上巨大的痛。难道你的存在就是为了这遗世的孤立吗？

你是谁？是你还是我？是我还是我们？这些追问就像风起于青蘋，那是细微的，又细微中的宇宙，是宏观与微观的交织。当孤独的心灵面对广阔的世界时，那瞬间的气息便是永恒。所有的边际与无垠构成了我的美学，它超越了这世间的有限，渐渐地抵达无限……

阴雨布拉格

○ 宋晓杰

我们交换枕头

像交换日月和时空

一支烟变成灰的过程

是不是就像——人变成梦

一次虚拟的往生？

这个让人操心的世界，的确需要

有人值夜班，一刻不停地让

蝙蝠的心，免于倒悬之苦

我的雄狮沉睡着

阴云、凄风和薄雪，虚设了背景

地球这一边，我无言端坐

身披雨水和繁星

等你推门而入，湿淋淋地

搭救我，于水火……

（原载《花城》2017年第2期）

导读

诗的功效约等于零，但从某种意义上说，它又是通向无限。这种说辞，多少有些希尼的翻版。但是，诗之于我，的确是如影随形的日常，是精神世界的幽深密境。它的起飞与降落，都源于一颗饱满澎湃的心。

那一年，朋友出访布拉格发回的图片，让我看到了真实的布拉格：斑驳的树荫，起落的鸽群，叮当的电车，缥缈的歌声，威仪的雕塑，至尊的博物馆，鲜亮的孩童，紧致的青春，持重的老年……洒满金辉的伏尔塔瓦河，如亿万只蝴蝶在翩然翻飞。鳞次栉比的罗马、哥特式建筑，如灯盏点亮兴奋的目光。教堂里，忧伤的钟声悠悠回荡……文艺复兴、巴洛克、波希米亚，温婉而雅典，深邃而坚劲。人、物、图、景，不多，不少，刚刚好。一切都是浪漫的代名词，一切都是情感的出发与抵达。

那是持续的几个阴雨天，是日夜潜行的白天或夜晚，我坐在中国的北方，七八个小时的时差，刚好用来交换日月和睡眠。潺湲的雨声、氤氲的水汽，似乎可以越过时空，被我嗅到。作家米兰·昆德拉的名著《生命不能承受之轻》，改编为电影，名字干脆就叫《布拉格之恋》。那么，音乐、文学、风景、河流和情感，何尝不是使生命轻至可以自由飞升的"暗物质"？但是，如果没有情感充溢其中，万事万物有何意义可言？

周作人说："我们于日常之外，必须还有一点无用的游戏与享乐，生活才觉得有意思。我们看夕阳，看秋河，看花，听雨，闻香，喝不求解渴的酒，吃不求饱的点心，都是生活上必要的。"诗之于我，就是这样的酒水和点心，但它也是暗夜里的繁星，架设起通往理想之境的天梯；是倾泻而下的雨水，搭救焦木般的我，于水深火热……

怅然书

○ 张二棍

世间辽阔。可你我再也
无法相遇了。除非你
千里迢迢来找我。除非
你还有，来看我的愿望
除非飞翔的时候，你记起我

可你那么小，就受伤了。我喂过你小米和水
我摸过你的翅膀，撒下一撮白药
你飞走的那天，我还蒙在鼓里
我永远打听不到，一只啄木鸟的
地址。可我知道，每一只啄木鸟
都和我一样，患有偏头痛
为了遇见你，我一次次在林深处走
用长喙般的指头，叩击过所有树木
并把最响的那棵，认成悬壶的郎中

（原载《鸭绿江》2017年第6期）

导读

　　我始终固执地相信，对于写作者而言，视角即命运。一个诗人关注什么或者写下什么，并不是自我的抉择，而是他希望拥有的生活，他曾经的童年记忆，他正在遭遇的境况，他的日常的幸福感，他被感动的源头，他念念不忘的瞬间……这一系列，促使一个写作者，不得不形成一种独立的甚至牢固的风格。

　　也就是说，诗歌从来没有空穴来风，没有无根之水。每一首作品，必是一个作者某一个时刻对某事的殉情，或者对逝去的那个时刻的追悼。如果我们积极一点，明媚一点。那么，也可以说成对已然过去的一切的挽留，抢救。

　　在《怅然书》一诗中，我试图贯穿我个人对生命，或者生活的理解。我试图在细微中，抒清我与一只鸟的代沟，我试图在一只鸟的身上寻找到我自己的影子。但是可惜，我的无能为力又一次伤害了我。当"我"作为恩人出现的时候，我已经把人类的世俗功利，强加给一只啄木鸟。我有整个人类的臭毛病，罔顾、狭隘、患得患失……这首诗，又一次证明了我永远也抵不上啄木鸟，更抵不上那一棵"悬壶的郎中"般的树。我所有的怅然，仍然是我个体的怅然，仍然带着一个人的原罪。

　　就诗歌而谈，这首诗有很多不足之处。我希望自己能够用最轻松甚至最挑衅的语言，去完成一种最深沉的"诗歌精神"。而我理解的"诗歌精神"，就是在日常的柔弱中，寻找见坚硬的真理。我会努力。

青鸾舞镜

○ 张巧慧

我曾拓过一枚汉镜，浮雕与铭字
已残缺

——那只青鸾去了哪里？

愈来愈偏爱这些无用之物，聊以打发时光
打发平滑的镜面般的生活

——是谁的镜像？

镜中妇人面容模糊
但孤独
那么清晰

穿白衬衣的女孩在自拍
她尚未意识到
青春是一种资本
也未曾听过青鸾舞镜

（原载《人民文学》2017年第7期）

导读

这些年习惯了用旁观者的方式审视自己的生活与内心。镜像，似乎又是一种观照。是谁的镜像？是我的，也是你的，也可以是任何人的。中年之后，我们对生活的态度慢慢有了变化，有了更多的了然与释怀，而孤独是一个永恒的话题。

镜中人面容模糊，看不清是谁，但每个人经历的孤独却是一致的，或者说永恒。

"青鸾舞镜"是古代的一个典故。大意是讲有个王获一鸾鸟，甚爱，想让鸟鸣叫，想尽法子而不能致也。三年不鸣。后来听夫人说："尝闻鸟见其类而后鸣，何不悬镜以映之？"结果孤鸾临镜后以为见到同类，慨然悲鸣，展翅奋飞而死。这个典故本也是写孤独的。而我们的同类呢？那只青鸾去了哪里？那只青鸾，是我们在人间苦苦追寻的什么，知音或者理想，或是曾经的自我？

人到中年，很多问题，笑而不言，一笑了之。你看到的，是一个神色淡泊的女性，她所经历的沧桑和她读过的书，都影响着她对人生的理解。而这一切，都将成空，被新的年轻更替掉。

时间是动态的，一直在变。铜镜已残缺，而总有一种东西贯穿其中获得永恒。永恒的悲欢离合，永恒的孤独，永恒的文明。诗歌写作具体到个人，具体到细节，但更大的意义在于提炼出个体的共性，从而使诗歌成为容器，诗的敞开性在于每个人都可以在诗歌中找到自我的安放之处。

于此诗中安放时间的流逝、文明的印痕与永恒的孤独，尝试知识文学化的写作，但又对此抱有犹豫。那个自拍的年轻的女孩子，她的懵懂正带来新的冲击。而这一切都正在发生，正在并存。这个世界的终极问题，是诗歌无法解决的。

合 欢

○ 张存己

那天下午大风刚刚过去

街道上四处都是滚落的银杏

沙尘和秋天是同样的金色

我的父亲从唱片盒里翻出一封信

让我替他拿到邮局去寄

父亲说：你可以一路跑到邮局去，或者

只是上街散散步也好

父亲要我穿上厚毛衣再出门

父亲的脸上跳跃着快活的神气

我好像并不知道那封信要寄给谁

秋天深处的行人像一对对逗号

被落在地上的光反复拨动着、区隔着

这场景每每令我感到深深的讶异和遗憾

那一年我该是十二岁

我的屋子里摆着一面金色的镜子，还有

父亲那摞被时光烫金过的唱片

我有一个下午可以在那里安静地坐着

可是为什么，我真的想知道

为什么那时我依然

会觉得

不快乐

（原载《诗林》2017 年第 4 期）

导读

在回忆里搜寻过去是一件意味深长的事。回忆会剥蚀故事的时间、地点，把其中的细节涂抹得漫漶难识，只留下弥漫四方的一种色彩，或气息，或是特定的某种情绪。然而一旦这点线索被辨认出，它就会立即把我们带回某个时间点，仿佛令我们重新经历一次过去，甚至比当时活得更真实。

在我的印象中，童年北方的秋天始终笼罩在一片金黄里。那种颜色让身处其中的人感到无聊、倦怠，却在被远观时呈现出活泼的生意。在一遍遍咀嚼中，那种色彩或许被我赋予了越来越多的意义，甚至变成了一个谜——我想回到它里面去，仿佛那里藏着无穷的答案，可以告诉我一个人的衰老是从何时开始，到何时结束。

后来我读到晋人崔豹《古今注》里的一段话：合欢，树似梧桐，枝叶繁，互相交结，每风来辄自相解，了不相牵缀。树之阶庭，使人不忿。嵇康种之舍前。

这真是一段奇妙的描述，让我想见它扶疏的枝条在风中舒展，并且窸窣作响的样子。那很像在回忆中的达成和解的种种人事，它们在时光中往往后发先至，跑到前方的某刻路口等着我，准备赠给我无穷的安慰。于是我把这种树的名字当成了这首诗的题目，用以标志回忆中的一处生活碎片，以示怀念。

顶 点

○ 张远伦

诸佛寺的顶点，和严家山的顶点

形成了对峙之美

夹缝里是小小的诸佛村

我在这里生活了十年

发现对峙是顶点和顶点之间的事情

我只能在谷底仰望

有一次，我登上诸佛寺

看到了更高处的红岩村和红花村

它们的顶点加进来

就形成了凝聚之美。这点发现

让我突然忘却了十年的鸡毛蒜皮

和悲伤。竟然微微出神

把自己当成了群山的中心

（原载《凤凰》2017 年上半年刊）

导读

诗歌因景象而传达心象，因意象而抵达气象，因空间变化而传达微妙的情绪变化，历来是中国传统美学趣味——情景交融中的常见手法，也是我在努力的写作途径之一。这首《顶点》企图用景象的变化来呈现隐藏的内心景观。

诸佛村是重庆市彭水苗族土家族自治县的一个苗族聚居村寨，因在诸佛寺脚下而得名。诸佛寺的顶点占据着一座山峰，至今残存遗址。严家山则与之呼应，相对而出。诸佛村的风车坝，是一个狭长的平坝，就在两山之间。我在诸佛村的小学教书十年，不仅在地理上落于低点，人生也长期闭塞，便生出一些仰望之心。当然也裹挟一些小小的失落，并不完全具备悠然见南山的隐逸心态。

有时候，登山会排遣一些负面情绪。首选便是诸佛寺。当我登上寺庙遗址，看着四处奔涌而来的山峰，会突然有醍醐灌顶的空明，一些生活不如意便会烟消云散，"把自己当成了群山的中心"。此刻会获得一些诗意，一种"我在"而又"我消失"的感觉，颇有点像是物我两忘的境界。

生活经验成诗，会真切鲜活地击中我自己，并勾连起诸多追怀。但是这种隐藏的抒情性，不能热切表达，不然会损伤诗歌的微妙之意，而显得表白过度。所以我在此诗中尽量冷抒情，内敛，引而不发，将强烈的情绪控制在诗歌的意象和意象变化中。

还乡记

○ 张作梗

"真想回到过去。"
可是，无厘头的理由终归买不起一张返程
车票。于是我只能永远待在现在，
就连过问一下明天，
也手长衣短，生怕捅了马蜂窝。

我有自杀的本领，但从未用过。
我有一扇破败的窗户，看到的全是旧景。
身体踩出的路，无一例外，
变成了勒紧喉管的绳索。
——我在前行？
不，倒车镜里全是飞速后撤的东西。

谁在向时间行贿——以整容术、隆胸和吸脂？
炊烟断为两截，其中一半被
烟囱永远埋葬。现在，
我视河流为至亲，在死亡遗弃的去途上，
我重复着卑贱的无名之生。

这就是我渴望返回的资本？一车的

灯光，兀自消逝在远方。

我踩在哪儿都不是起点，也远非终点。

——我仿佛面向一个人不停脱着我的背影。

我转身，墙上空无一人。

（原载《星星》2017年上旬刊第6期）

导读

显而易见，此诗所涉及的主题是一种广义上的"还乡"。也就是说，尽管有儿时的乡村体验做背景，但诗歌并没有重述一次（现实）还乡途中的所见、所闻和所思，而是通过对时间、死亡、灵魂的思索与拷问，试图写出一种生之苍凉与无奈的复杂意境。

在被命运无尽地裹挟向前时，人总是止不住会回想起他的过往——尽管过往并不总是比现在更好——这种回望构成了心灵休憩的一种主要方式。正是在这种发现中，我把"回想"看成了一种无须车马劳顿的"还乡之旅"。那些青春蓬勃的时光，那些快意恩仇，那些不须借助整容术就清清爽爽的日子，都

是这还乡途中的旖旎风光。

然而，当这走神的"回想"被现实拽回，我们发现一切已遁形走远，无可挽留。一种更深的失落和悲凉像被现实之墙弹回的皮球，生硬地打在我们的脑门上。于是，视河流为至亲，向世界不停脱下我们的"背影"，便成为我们与现实达至暂时和睦关系的一种无奈之举。

尽管此诗的调子是灰色的，思索是沉重的，包括处理诗歌的方式，也有着浓重的"抑郁格"倾向，但我尽量用暖性的、中立（亦即与词语贴身）的叙述来完成我对"还乡"的思考，以期平衡诗歌不要往虚无主义倾坠。因为唯有勇敢地活下去，才有可能重启我们另外的还乡之旅。

补丁颂

○ 张执浩

我有一条穿过的裤子

堆放在记忆的抽屉里

上面落满了各种形状的补丁

那也是我长兄穿过的裤子

属于我的圆形叠加在他的方形上

但仍然有漏洞，仍然有风

从那里吹到了这里

我有一根针还有一根线

我有一块布片，来自于另外

一条裤子，一条无形的裤子

它的颜色可以随心所欲

母亲把顶针套在指头上时

我已经为她穿好了针线

我曾是她殷勤的小儿子

不像现在，只能愧疚地坐在远处

怅望着清明这块补丁

椭圆形的天空上贴着菱形的云

长方形的大地上有你见过的斑斓和褴褛

我把顶针取下来，与戒指放在一起

贫穷和幸福留下的箍痕

看上去多么相似

（原载《读诗》2017年第3期）

导读

我们这一代人的童年生活是如今的独生子女们无法想象的。我家兄弟姐妹一共四人，我排行老幺。在记忆中，我很少穿过新衣服，大多是哥哥穿过了留下来的。衣服上有各种各样的补丁，不仅形状各异，而且颜色也不一样。反正大家都一样，没有谁在意这些。这首诗讲述的大概就是这样一种生活状态，平实，真诚，没有多少花哨。

我一直认为，一首好的诗歌应该具有唤醒我们内心深处的记忆的功能，不仅是记忆的重现，而是要通过记忆中的物象，唤醒某种沉睡的情感。在处理类似的题材时，我们往往容易让写作变得扁平，表象化，但在这首诗里，我要求语言具有立体的效果，就是那种能够站起来，上接蓝天，下达大地的那样一种活动着的画面感。这就需要每个词语都得饱满，结实，哪怕看似夸张的喻体，也最终要在诗中形成确凿无疑的情感载体。

现实生活中的"补丁"，不等于诗歌中的"补丁"，如果这首诗没有达成这样的目的，它肯定是失败的。庆幸的是，我最终还是通过这样一块"补丁"，让我千疮百孔的情感生活获得短暂的慰藉。从这个意义上来讲，每一位写作者都是一位缝纫师，最好的缝纫师能用过往的时光织成一床百衲被。

姑　姑

○ 张佑峰

院子里的是梨树，大门外是杏
菜园里那棵是桃
经常来走亲戚的，
有时候是大姑，有时候是二姑，有时候是三姑
奶奶去世后，很长一段时间
三个姑姑还是一样来

后来我离开寇庄，姑姑们离开人世
院子里的落花，一瓣一瓣离开枝头

（原载《诗探索》2017 年第 4 期）

导读

我的童年在一个叫寇庄的村子度过，后来我远离了它。正因为远离，它才给我留下了巨大的想象空间：秋夜星空下的流萤，清澈而又急遽流过村外的河流，一眼望不到头的连天麦浪……

记忆里是这个样子的吗？是，也不是。

实事求是地来说，它只是鲁中山区一个极其普通的村子，200多户人家。记忆中无非是高大的杨柳，瘆人的坟地，儿时的玩伴，一些不愉快的记忆而已。拜先人留下的几亩薄田所赐，那个时候我家还是所谓的管制对象：部分房舍被没收，甚至母亲的陪嫁衣物也被掠走。朦胧的印象中，我还记得小时候我曾经牵着奶奶的衣襟跟着她扫街，这当然不是学雷锋做好事，而是所谓管控对象的苦役。可以说，故乡

和童年在我的记忆中是灰色的。可我为什么还是一再地写到它、赋予它那么多溢美之词呢？

很多人引用过格雷厄姆·格林的说法，写作者的前20年涵盖了其全部经验，余下的岁月则是在观察。他认为写作者在童年和青少年时期观察世界，一生只有一次。而其整个写作生涯，就是努力用人们共有的"庞大公共世界"，来解说其私人世界。我很赞成他的说法。我想，选择性记忆过滤掉了那些痛苦的记忆，剩下的都成了温馨和美好。

今年春天清明回老家扫墓，顺便到小时候熟悉的地方转了转。站在熟悉又陌生的街头，物非人亦非。泪光里，我依稀看到了那些艳丽的桃李又在风中晃动，巷子口，年轻的姑姑们正笑着走来。

在南宁港空寂的码头

○ 陆辉艳

很快，这里将弃置不用
玉米、豆粕和鲜鱼，装运它们的船只将绕路
抵达另一个码头。每天来此等候买鱼的人
去了新的集市。一个搬运工，来自隆安或蒲庙
脸上有沙砾的印迹。他忙着整理行李
脸盆，衣服，吃饭用的锅碗，统统塞进麻袋里
被褥已用麻绳捆好，放在门前的空地上
他最后一次走进屋子，出来时手里多了
一个口盅，一把牙刷
他把它们也塞进麻袋里
之后站着抽了一支烟，抓抓脑袋，想起了什么
朝晾衣绳上，取下那条红色裤衩——
刚才它还在风中，哗啦啦的，旗帜一样飘扬

我们来到此地
既非买鱼的人，亦非搬运工
我们远远地，站着拍照
试图锁住马达的突突声
儿子用玩具铲专心地挖掘沙子

那个挑行李的男人从他身边经过

大声咳嗽着，再没有回头看一眼

这空寂的，最后的码头

（原载《广西文学》2016年11月）

导读

诗歌是写出自己对事物和生活的感受。我一直在自己生活的现场，我呈现我经历并熟悉的这些场景和事物，而不做过多判断，因为主观的判断显得多么可疑。相反，我相信呈现就是最大的意义，是对生活和场景最忠实的还原，但又不是简单复制，是经过提纯了的，有选择的呈现，是从事物的角度，去理解事物。它们成全我的诗文本。

南宁有浑厚的码头文化。据《广西航运志》记载，清朝嘉庆至民国100多年间，在邕江上游下楞至下游长塘之间，相继建成码头49处，津渡33处。这首诗中具体写的其实是南宁港老旧码头之一的上尧码头，它见证了南宁这座城市变迁的历史，随着时代发展的需要，它的被关闭，退出历史的舞台成为一种必然。它处于我曾经上班必经的途中，离我家也不远，周末还会经常带着儿子来这儿看过往的船只，他将自己叠的纸船、纸坦克放入水中，想象它们也能航行到他无法想象的远处，总是兴奋得手舞足蹈。而这儿的一切也为我的写作提供了素材，我不止一次写到过它。得知它很快将被关闭，我们带儿子又一次来到这个码头。昔日船只的马达声、吊机的轰鸣声以及码头工人卸货搬货的吆喝声已不再，它突然的安静竟然让我们不知所措。我站在那儿，看着即将离开的码头工人，不声不响地收拾着行李。他们什么也没有说，不回头何尝不是一种更深的眷恋和不舍？一个码头的消失，也将改变这些码头工人的明天和命运。而时代总是带着隔膜以彗星的速度飞速向前，没有什么可以阻挡，诗歌更不能，它只能呈现和记录这一刻。

昨夜，在湘江……

○ 阿 华

江风浩荡。两岸的人要大声喊话
声音才能听得清

江水磅礴。它们要不舍昼夜地流淌
才会像岸上奔走的千军万马

昨夜在湘江。雨浇灭了一侧的灯火
风又吹走了树上的叶子

而落进江水里的人，溅起的水花
一次次地撞击着岸边的礁石

……多年以后，在江边
有人忙着踏青，有人忙着怀古

他们并不知道，先人落在水里的声音
一直到现在，还能传出回声

他们并不知道，鲜血染红的湘江
一直流到现在，还带着缕缕血丝

（原载《诗刊》2017 年 5 月上半月刊）

导读

我曾经迷恋过一种捕捉式的描叙，它是某一个场景的虚构或者呈现，就像在一个长镜头下面：我看到一束光照在书桌上，看到一只蝴蝶落在花瓣上，看到一片夕阳正好经过苦楝树的树梢，把它的枝枝叶叶都染成了金黄……

我试图留住这人世间瞬间的永恒！

《昨夜，在湘江……》是我组诗《出瑞金记》中的一首，我希望在这组诗中文字能把时间还原成苍茫大地上一条生生不息的河流，默默诉说着当年红军在长征路上的奔走。

诗歌高于我们的生活，最终还要回到我们的生活中来。我们搬开乱石，扒开杂草，总想在被人遗忘的地方，找到故去之人在这世上留下的足迹，虽然这种对生活沉渣式的打捞，带着深深的时间之痛。

可能我的描写中有着失败和落魄，有着破碎与凌乱，可我想它所透露出的情感的光辉，就像那片正好经过苦楝树的夕阳，它会折射出更加绚烂的光影，照在这片大地上。

我一直希望一首诗歌要有明亮、深邃和辽阔的语言的背景，要有高贵的精神上的指向，要有穿透力，要到达灵魂。要用最小的东西，表现最大的主题。

当我写下这首《昨夜，在湘江……》，我是否用小的东西，表现了大的主题？我是否就捕捉住了这瞬间的永恒：我是否写出了那种火在皮肤上的漫延的生和死？我是否就写出了黑暗中的光亮，绝望中的情怀？

午后的秋阳照在书桌上，缓缓地，是恣意流淌的蜜色，而这世界因为诗歌的存在，让身边的事物渐次呈现出更动人的光芒。

天色暗下来了

○ 阿　信

天色暗下来了。乌云

低低压迫山脊。

我在山下的屋子，灯光尚未亮起——

那里现在：无人。

我不必急于回到那里去。

我可以继续听着风声，愈来愈疾

掠过身边的草木。

就算天已经完全黑定，下山的路

看不见了，我也想

再逗留一会儿。

我倒不是在等待星群，我只是

有一种

莫名的、难以排遣的伤感。

（原载《鸭绿江》2017 年第 3 期）

导读

对这首诗，其实没什么多余的话要说。

一种心境。一种伴随黄昏降临而莫名袭来的一种感伤情绪，无法排遣，敷衍成诗。

写一个人黄昏独自上山，听着风声（"愈来愈疾／掠过身边的草木"），看见山下镇子上灯火次第亮起，但不远处小区某单元楼层自己的屋子"灯光尚未亮起"，仍是漆黑一片。点出诗人"我"的身份是一个独处的人。人在山上，山下屋子自然"无人"；因为"无人"，屋子自是无人打理，"灯光"也就"尚未亮起"；因为周遭灯火皆因"天色暗下来了"而次第亮起，那间"无人"的屋子的黑暗，就显得异常醒目。更多时候，我们被自己身上的"身份"或"角色"所遮蔽，感知不到"自我"，而"天色暗下来了"以后，山梁上的世界已不在"我"的掌控之中，"我"才完全返回到了自身。一个人独坐山梁，远隔黄昏，打量自己在山下尘世中的生活（也许那生活并不值得留恋，也许那生活太让人容易沉溺其中），才能更清晰地看到自己和自己的处境。黄昏之后，星群必然垂临，但似乎无意期待，无意于笼罩天穹的星空图像能给予什么垂示或神谕。对于生活，"我"并未感到失望和灰心，只是一时错愕，一时失神，一时伤感。只是想在生活的对面"再逗留一会儿"，不想这么快就重新投入（下山）。

《天色暗下来了》是接近日常生活状态下的内心状态的一首诗。写法并无特别之处，从眼前景入手，以"天色"暗喻诗人心境变化，使眼前景与胸中感触交融（纠缠）一处，起伏转折，循序递进而已。

题某某的照片

○ 陈　仓

你的表情，是一次失火

我是路人甲，我必须

投入到救火的行列中去

你的火苗不可阻挡

呈无限蔓延之势

从我手心，烧到我的眼睛

再烧到无辜的隔壁

这火一直朝高远处走

而且顺着风马上会燎到我的骨头

我替你套上衣衫戴上面具

剥离欲望的禽兽与草木

让荒芜成为一种离别

这场火不过是你人生中

最美的瞬间，我最大的英雄

当我拨开重重烟雾见到你的凡胎肉身

多像耗尽力气和激情的一把灰烬

（原载《诗刊》2017年4月上半月刊）

导读

如今是一个影像泛滥的时代，也是对美追求狂热的时代。每个人都在拍照，每个人都有能力拍照，但是随之而来的，是人们对光的改变，也可以说是对世界的扭曲，我看到的并不是真实，甚至是相反。比如说，我看到的某某的照片，都是经过美化过的，都是经过修改过的，都是虚假或者虚幻的，都是与灵与肉毫不相干的。这首诗的灵感，说是来自于某个具体的人，也不是某个具体的人，她与我之前从未谋面，但是感觉十分熟悉，尤其她给我形成的印象深刻，我从没有怀疑过她什么。当然，这种印象不是幻想出来的，是实实在在地从现实中得到的，可以说，她

们非常漂亮，皮肤光滑细腻，穿着有时候时尚，有时候典雅，有时候暴露，反止每次看到她，当然是通过影像看到她，都勾起我无穷的美感包括欲望。但是，等到某一天，当虚拟与现实需要重叠的时候，我在心中搭建起来的建筑一下子就坍塌了。我一直就是被这样的建筑包围着的，甚至是囚禁着的。在这首诗里，我把这种过程形容成一次失火，自己作为一名勇气尚存的旁观者，勇敢地投入到救火行列中去了，但是虚拟生活和现实生活的反差实在太大了，形成的大火似乎势不可当，最终将一切化为灰烬——因为只有灰烬，也许才是两个世界真正可以重叠的地方。

温　暖

○ 陈　亮

那些小路是温暖的，被暮色舔着

被庄稼的香气熏着

泛出微茫的白光

是人们走走停停走出来的那一种白

是柴草的骨灰洒在土上的那一种白

那面落满鸟屎的东山墙是温暖的

墙上有个铁环，牵出的马在这里

踢踏打转，晃动肥臕

用尾毛扑打着发红的蝇虫

它咴咴叫着，散发出亢奋

或少许劳役怨气

游街的豆腐梆子是温暖的

好久没见到他了，今天又突然出现

头顶金光闪闪，宛如菩萨

传说他患了癌症，相信这不是真的

父亲是温暖的

他几乎一直在菜园的井台

拔水浇灌，井水热气腾腾

让他瞬间就虚幻了

看不出他是六十岁？五十岁？还是二十岁

而母亲蹲在那里摘菜、捉虫

时间久了就飘回家去——

你也是温暖的，哪一年我在家养伤

墙上的葫芦花开了

你一早去邻家借钱，轻易就借到了

你的脸沁出汗

不断说好人多好人多

一头羊是温暖的，天就要黑了

它还在吃草，肚子很大，准备要生育了

鼓胀的乳房拖拉出奶水

它的眼里，还有声音里

有一种让心肝发颤的东西

它嘴里永远嚼着什么，似要嚼出铁沫来

（原载《凤凰》2017年上半年刊）

导读

在山东胶州西北部有一片可以肆意纵马的平原地带，与高密市接壤，我居住的村子叫作后屯村，这里土地肥沃，植被繁茂。很长一段时间里，这里没有什么工厂，人们大多过着一种相对自足的农耕生活。我每天在鸟鸣中醒来，在植物的气味中劳作，在虫鸣中入睡。我在这里出生、成长、结婚、养育——我感觉自己和这里的一切已经融为一体，形成了一种身心的依赖，似乎动一动挪一挪就会疼。在这里，我获得了一种愉悦感、安全感。

在这里，那些长年累月走出来的小路，那些老旧的房屋，那些古老的牲畜，那些草药一样的植物，那些来来去去，拥有各种命运而又类似一种命运的人，它们都是有根的，它们背后都有着独特的故事、传奇或秘密，都和我有着千丝万缕的联系，它们构成了我生命中原始的不可替代的温暖。我曾经跟友人说过，我诗歌里的所有意象或细节都源自我真实的所见和所闻，这也是我多少年来沉迷其中不想离开故乡的主要原因。

但这一切更像是一个梦，不知道从什么时候开始，城镇化迅猛发展，一个个工厂像恐龙一样从庄稼地里迅速复活，楼房拔地而起，庄稼地消失，牲畜消失，小路消失，河流消失——有一天，当我仍然真实地站在这个我生活了四十多年的村庄，却发现先前我依赖的那些温暖已经不复存在了，竟然让我生出了在异乡才有的陌生感和疏离感。

或者，那些温暖已经退缩在记忆和内心一隅，有时候，在梦里，它们幻成一只怀孕的母羊，用它母性的、良善的、柔软的眼神凝视着我，它咩咩的无助的叫声让人心颤，让人生出忏悔，它不停地用一种弱者才有的抵抗方式——坚持地咀嚼，仿佛能把铁的水泥的世界嚼碎，嚼出沫儿来……

星 空

○ 邰 筐

这些年，你已习惯了生物钟的颠倒

习惯了固守老式台灯下一片领地

灯光明亮，无限接近真理

你像一个坏脾气的王，孤僻、严苛

墙上的影子是你唯一的侍者

没有一兵一卒，你可以指挥成群结队的汉字

可以用汉字排兵布阵，与黑暗对峙

逼近或包抄，那些隐匿的细节和真相

在母语的边防线上，你一次次用月光丈量

人生对开八版，乡愁灌满中缝

而每一个汉字都在你心里熠熠生辉

你怀揣着它们，就像揣着一片灿烂的星空

（原载《诗民刊》2017 年第 6 期）

首师大一年的驻校生活结束以后，我成为某法治刊物的深度调查记者，而且一干就是九年。

写得最疯狂的时候，一年十二个月我写了十一期封面。一期封面一般由三篇个案和一篇综述组成，必要的时候还需配一篇记者手记，字数在一万五到两万字之间，熬夜写稿、编稿几乎成为常态。

无数次采访过程中，我接触了大量腐败案例，我信箱里经常会收到各种含冤者的材料。每次收到这种信以后，我的心情都会受影响，替他们难过，却又无能为力。这对我多少造成了某些伤害，有时候觉得个人的声音太微弱了。太多的阴影和灰暗需要不断用心灵的阳光去擦拭。这也正是我之所以乐此不疲地甘愿做一个码字工的原因。

总结多年的记者生涯，我发现当记者和写诗之间其实是有共性的：那就是面对整个世界或某颗心灵的时候，敏感度都是一样的，总能比别人发现更多的细节。不同之处在于：诗人的内心或许更柔软更细腻，记者的眼光或许更敏锐更冷峻。写诗的过程是提炼的过程，就像从三吨海水里提炼一把盐；而好的新闻是从肉里挑刺，是从芜杂里找到真相。

这两种身份的融合和碰撞，我期待在我身上产生的是化学反应，我希望自己能永远葆有诗人的激情，用"一颗柔软之心"去关照采访对象，去关照整个世界。

《星空》是我一段生活的真实写照，我一直有一个奢望，那就是自己写下的每一个汉字都会闪闪发光，去照亮内心的黑暗。

不安之诗

○ 武强华

晚上散步，隐约看见
对面走过来一个人。我猜想
他背着吉他或大提琴
一定是个艺术家

路口的灯光下，终于看清楚
这个穿着破旧工装的男子
背着一捆废旧的纸板
匆匆过马路去了

整晚我都有点莫名的不安。好像
那个人窘迫的生活与我有关
好像，我对这个世界无知的幻想
无意间伤害了那个人

导读

其实这首诗从文字上看来已经很直白了，根本不需要导读。但对我来说，写完之后，迟迟挥之不去的是那种低沉的意境和感觉。为什么不安？说不清楚。只是萦绕在心头，久久不能释怀。

诗歌有时候给我们的也许正是一种莫名的不安，它用一个小事件、小场景，营造了一种微妙的感觉，来唤醒我们心底压抑已久的东西。在诗中，我们和世界之间的关系变得亲密、交融、焦灼、隔离，甚至对立。诗歌并没有刻意说明和强调这种关系，但这种不安的感觉构成了整首诗的核心力量。

然而，这就是我们的现实生活，它真实，可见可感，没有美化和虚构。现实中我们并没有做什么，只是一次散步，只是一次目睹，只是一个现象的记录，但是诗歌替无能为力的我们做出了一种抵抗的姿态。

诗能改变什么？或许什么都不能改变，但诗歌里面有永恒的真和善，有抗议，有自责，有悲悯，有受难者无声的呐喊。这就够了，不需要结果和答案，它希望唤起的是人们内心深处的悲悯和善，哪怕是一点点恻隐之心。

生日帖

○ 青小衣

又系上一个扣子，身体似乎更严实了
夏天已去，风里的哨子
越来越长，影子越来越短

这初秋日，每年都在身体上
系一个扣。如今，几十个扣子的身体
已经密不透风，壁垒森严

早起，煮两个鸡蛋
做一碗长寿面，今天不减肥
只减脾气，和车速。像水一样笑出声

秋收在望。许下心愿
万物都要结出果实，我爱的人
平安健康，都有一个黄金的收成

（原载《汉诗》2017 年第 1 期）

导读

对于所有的人来说，生日都是一个值得纪念的日子。在这一天，我们接受亲友的祝福，盘点过往的得失，然后，坐在餐桌旁，慢慢咂摸时光，一天也就过去了。当然，这样的场景只能是我们习惯的场景，它只是一种温暖的表象。具体到个人，是喜悦，是悲伤，是无奈，是自得，是怅然，还是绝望，或许也就因人而异了。

生日了，又一个生命之结绾好了。对于孩子来说，那是一种成长的幸福；而对于我们成人来说，那可能就是五味杂陈的尴尬。生日歌里，孩子可以纵情享受生命的绽放，我们成人却只能暗暗为自己系上一枚扣子，锁住那些如婴儿般躁动不安的念头。年年如此，这一年也当如是。

然而，正如河流无法回流，时光无法逆转，在一次次自觉不自觉地系上扣子的同时，我们"身体似乎更严实了"，心灵也"已经密不透风，壁垒森严"。我们必须承受生命、伦理和轮回。因为，我们都是具有社会属性的人，要学会扮演不同的角色，不同的阶段自有不同的生命姿态和心灵开合，除了肉体的生死，这也是人必须承担的责任。

当然，对我而言，悲伤也是有的，但它不能泛滥。悲伤之后，我们还必须面对必须到来的分分秒秒和柴米油盐。因为，生活在继续，生命在延续。于是，早起，煮鸡蛋，做长寿面，生日这天就好好给自己做一顿好饭吧，暂时忘记烦恼，极力保持好心情。此时，或许泪水依然挂在脸上，但眼睛却更加清澈，心灵更加从容。

可以这样说，由生日开始，从对时光流逝、人生尴尬的感伤，到心灵的释然，我完成了一次秘密的心路历程。从一个瞬间走到另一个瞬间，泪水与微笑同在，悲伤与幸福同行。

八月：吹拂

○ 若 颜

每年这个时候，草都会簇拥着树
穿过时间。风吹落日，众鸟归巢
寂寞吹拂黄昏，发出沙沙的声音
天快黑了，人们说话、散步
在一片夕光里找到了幸福

太阳把光芒禅让给道路和远山
大地上的事物退回到眼睛深处
虫鸣和蝉声依次熄灭
埋在土里的人从书卷中现身
用月光吹拂草地、星光吹拂天幕

故土遥远，草色无边
草是没有心的。树也没有
那些过路的萤火虫用灯火
把梦魇降低了一寸。那些无家可归
的花儿，在露水中洗净了头颅

亲爱的八月，请你把幸福交给草木

以及我爱的人。请你把黑暗还给我

逝者在天空交谈，孤独是一条小径

从眼角出发，通向家或坟墓

不悲不喜之人啊，请取走我这颗平静的心

（原载《汉诗》诗刊 2017 年第 1 期）

导读

我漂洋过海，留学美国，读的是建筑专业。故土江南，如今名副其实与我相隔万里。孤独是尊贵的客人，薄暮冥冥之际准时造访我的屋子。城市如此拥挤，灯光与虫鸣交织，我所栖居的房间犹如深海孤岛，凸显出孤独的本质。

去年八月，我朋友的父亲病故。那些日子，我为他的悲伤所浸染。我不由得想起过世的爷爷。他曾是我最亲的人，最疼爱我。尘世茫茫，人的生命如此脆弱，像凉风中垂首的稻谷、黑暗中晃动的树木，使人听见寂寞轻轻走动的声响。

初秋的黄昏，落日如一颗硕大鲜红的泪珠，滴落在远山山顶。我知道，每一片叶子上都住着一个孤寂的灵魂。我曾长期认为生与死之间横亘着人的漫长一生，而死亡不过是镶嵌在时间高处的果实，成为艺术中最黑暗、最沉重的一环。

随着时间一点点化为灰烬，我逐渐目睹了一些死亡。

时间的界面分开生者与逝者，在无限的高处——我要那高处的时间漏斗，度我每一分的暖、每一秒的凉，赐我每一月的仓皇、每一日的牵系。孤独和爱互为镜子，空气里有月光的粉末，在我与月亮对视的空旷中洒落。那是上帝虚无的馈赠，映照我寂寞的形容。

我白天在教研室与餐厅之间两点一线，与导师商讨学术问题。夜晚回到公寓，一个静谧的圆点，安放着我的业余时光。我竭力用读书与写作驱赶孤寂，排遣思乡之情。

月光从窗口递进来一丝清凉，稀疏的星星不规则地嵌在夜空。窗外秋草疯长，有萤火虫提着微弱的灯火飘过草地。萤火虫的"灯火"这一文化寓意，使我的感官从荒芜中挣脱出来，向着明净的心灵集结，并以笔下的种种物象回应这一切。

有生的日子，珍惜生命中的一切，爱我的双亲和朋友，爱一切不完美的结局。

我相信逝去的亲人一定会在天上守护我的心灵和福祉。生命回收黑暗，歌声源于土地。人生一世，草木一秋，孤独是活着的主要方式，而心是一条纯净的河，穿过良善与美德，流经爱与牵念，生命因此得以在岁月胶片的底版上保留不灭的光影。人与人之间可以诸象不示而心领神会。永恒的万象吹拂我们，带给我们孤寂与悲伤，也带给我们坚韧与磨砺。

她

○ 林　珊

我决定去看望她
途经的路上，翻过几片寂静的松林
穿过一条汩汩的小河
就到了她的家

她在灶台前忙碌
没有叫我留下，也没有让我离开
她没有问起她爱过的任何人
没有问起我的母亲，兄弟，或是姐妹

她只说后山的板栗就要熟了
新栽的葡萄又抽出了嫩芽

起风了，我站在翻滚的暮色里
抬头看到空空的房梁
忽然泪如雨下

（原载《中国诗歌》2017 年第 3 辑）

导读

我曾在我的诗歌里，反复写到童年时的村庄、春天的山坡、清澈见底的河流，还有一个令我心心念念而又疼痛不已的人，那个人，就是我的外婆。

可是她在十年前去世了，举行葬礼的时候，我正身怀六甲，临近预产期。母亲阻止了我去参加她的葬礼。可是时间的流逝并不能改变我对她的怀念，这也成了我一生中最为懊悔和不可饶恕的事情。小时候，每年寒暑假，我都会和弟弟去外婆家小住一段日子，那是我们最快乐无拘的时光。在家里所不能够做的，上树掏鸟窝、下河捕鱼虾……在那些日子里，都得到了尝试和满足。每次返家的那个清晨，外婆都会在锅里煮六枚鸡蛋，偷偷塞到我们的衣兜里，让我们在路上吃。20世纪80年代，物质还相对匮乏，几枚鸡蛋对两个年幼的孩子而言，无疑有着巨大的诱惑力。她把我们送到村口，千叮万嘱，然后目送我们离开。等我们走到小路的尽头，回头看时，她还一直站在村口的那座石桥上，望着我们。现在回想这一幕，我总是会想起朱自清的《背影》，可年少时我尚不知离愁，如今渐渐懂得时，却早已是物是人非了。

这首诗写在 2016 年，我曾在时隔几年后，回到谭坊村，在废墟成片的村庄里，寻找记忆里那些熟悉的东西。毛坯房、水井、鹅卵石铺成的小路、乘凉时坐过的大青石……村庄里的人越来越少，倾倒的老房子越来越多。我已经没有办法把我看到的这个村庄，和我记忆当中的那个取得很好的关联。南迁的客家人对于棺木的存放，大多会选择放在房梁上。那些曾让我心存畏惧的，刷着朱红色油漆，写着大大的"寿"字的棺木，如今早已不见了踪影。我无法猜测这个村庄有多少位

与这些棺木有着关联的老人已经离开了人世。我只记得，当我站在空空的房梁下，忽然满心悲伤，泪如雨下。这在后来，成了这首诗的结尾。

不久之后，写下这首诗，是因为一个梦。我在一个梦里梦见了相似的场景。我一个人，走在记忆当中的那个村庄里，看见了我的外婆……我醒来，惆怅满怀，于是写下了这首诗。

我认为，很多的诗歌，都是缘自于记忆中某个片段的还原。我愿意我写下的，都是令我深深爱过的、怀念过的，那些，永远也无法抹去的记忆。

我的车位前曾有一棵樱花树

○ 林　莽

春风掠过时我漫不经心
层叠于枝干上的花朵轻轻地颤动
我打着发动机
车退向一棵刚刚长出叶芽的小小银杏树
初春　有着一年中最新的事物

而后便是夏日飞临
掩去北方短暂的春日

而后便是秋风和冬雪
许多计划随着时间流逝
曾经潜在的希望也已无法落到实处

转过年来的春风中
我突然惊觉　我车位前的那棵樱花树
不知什么时候已不翼而飞

四处春意盎然
而曾在我面前的　这丰盈而充溢的美色

何时化作了一缕飘飞的青烟

那棵我车位前走失的樱花树

看见过我春日的倦怠和心不在焉

生活　一些无端的失落

也许无须再找到它的归宿与理由

春风掠过时

我转动方向盘　车徐徐向前

生活又进入了新的一天

（原载《人民文学》2017 年第 3 期）

导读

　　诗歌有时就是一种情调，一种如同音乐一样的情调，它盘桓在我们的心中，当然，它需要寻找一种显现和依存的方式。

　　这首诗中，读者不难发现，我与新的季节并不和谐的生命状态。失去的那棵樱花树让我找到一个释放心灵的窗口。

　　那年春天，我突然发现，每年在我的车位前开得繁花似锦的那棵樱花树，不知什么时候不翼而飞了，它是什么时候，又是怎么失去的我不得而知。这种突然而至的空落感，与我在春天的那种倦意，那种漫不经心不谋而合。时间过得真快，我已步入老年，一切盎然而充满生机的事物，依旧在我的身边，如同那些繁盛的花朵，发出星星一样点点叶芽的小小的银杏树，它们都是生机盎然的。然而时间在很快地流逝，如同四季的轮转，"许多计划随着时间流逝/曾经潜在的希望也已无法落到实处"。

生活中有许多我们无法解答的疑问，也许它们并不需要一个回答或结论，而生活总在不断地前行。

诗歌是语言的艺术，它表达的是人的情感，写作者调动人的生命经验和文化经验，用最精短的语言形式完成他的某些感受和领悟。一首诗所拥有的，也许只是瞬间的感受，有时也会含有着人生的众多体验。

这是我66岁的春天完成的一首诗歌作品，生命的秋天和春季的反差那么强烈，尽管"初春　有着一年中最新的事物"。但我还沉浸在昨天，而一切都在改变，当我突然惊觉许多事物已然飞逝，但生活还是要进入新的一天。

这首诗的情调并不明亮，但它是现实中实实在在存在着的。是的，一首诗要有一种调子，如同音乐，它萦绕在人的心中，那些与我们有着共同经验的读者，就会产生心灵的呼应。

5月16日和父亲观蔷薇

○ 林　莉

金蔷薇开了。父亲坐在石阶的凉椅上，沉思
他大病初愈的身体还显瘦弱。这使他看起来
不再似以往的倔强。

金蔷薇开了，很多年前父亲穿过它时
将一辆永久牌自行车骑出了飞马的嗒嗒声

金蔷薇开了，堆在渐渐暗下去的暮色中
辽阔、寂静，带着一点荒凉

（原载《四川文学》2017年第6期）

导读

2010年父亲做完心脏手术后，每天要吃数种药物来维持。家里书柜第一层台面上，摆满了他的药。年久日深，许是药物的副作用，他的脾气变得急躁。去年，父亲执意把户籍迁回老家叶坞。他为自己在不单山冈找好了地方，那一次他在山中迷路，树木过盛，他差一点没有走出来。家里旧房改建后，大部分果树花草都挖掉了，只余一棵橙树和数株蔷薇。

父亲年少离乡，在十一兄弟姐妹中排行老大。年轻时，书画琴棋，倒也是能拿得上手。因为才华，父亲在工作中受到了重用。记得周末时，父亲从县城下班回家，总要骑着自行车带我们姐妹在乡间转悠，有一次，我从自行车上摔下来，昏迷了很久。

在我小时候，因为身体的原因，父亲带我四处求医，坐得最多的便是父亲的自行车。

后来，父亲带我们离开了叶坞。在旭日镇安了家。一晃，父亲已过七十岁。我的身边，很多亲友们的父亲都不在了。那次，父亲住院回来，坐在院子里，手中拿着一本书在打瞌睡，墙角的几株蔷薇，开得茂盛极了，如火如荼。那一刻，我倍觉幸运，我的父亲，他还在我的身旁。

我写下的这些和这首诗有什么关系吗？我想，应该是有的。我期待每一个读到它的人，也会感觉到那些蔷薇的美艳和温暖。甚至能如同我一般，静静站在自己父亲身边，看见风过花枝，时光染着蔷薇的金色粉蜜。

再见吧，岁月

○ 林　雪

这是谷地中心。云朵

于湖水止步

云朵对镜理妆

这旅程中似得以见

湖水弯曲，草地绵延

骏马飞驰过群山垭口

这是中年的一个正午

岁月之巅于脚下

就是永逸的坠落之路

哪些期待从未实现？

哪些怀疑不幸被确认？

哪些悖逆得到理解？

而云朵已收起辛辣，用和解

使世界安静

在血液深处，一口口

咽下沉痛

一次一次短暂窒息

心脏停滞的瞬间

一次次被撕裂的生活

再缝补不出一块好皮子了

那就这样吧！

再见！岁月

我们这些个三流的工匠

还来得及

向永恒的混沌挥一下手

（原载《诗刊》2017 年 1 月下半月刊）

导读

《再见吧，岁月》一诗灵感来自 2015 年春我的又一次辽宁东部抚顺之旅，那片连绵丘陵对我一直是一片踏实深情的寄托所在。清晨信步登上新屯公园的山顶，山谷里建筑林立，树林高大幽静，湖水怀抱着云朵晶莹澄澈，孩子们快步从我身边跑过，老人们缓慢的步伐与之相映成趣，蜿蜒的火车细小如蚯蚓从远处驶过……表面平静的景色令人暂时遗忘了理想和现实之间鸿沟，生活和时间又一次展现了她的魅力。

一座地理的山丘提升了中年的视角，它使人在回顾的同时也在前瞻：青春年代被认作痛苦的大厦可能只不过是一间小屋，曾经被膜拜的伟大功绩可能另有乾坤。对于一个离开家乡的人，当面临很哲学式的问题，比如我是谁、去哪里等，答案并不明确，却总是带着问题下沉，沉到身体里一直堆积的乡土中。那里是精神的磁场，是心灵的向心力，是坐标上"一只脚惊魂未定，而立得最稳的脚总是放得最低的那一只"（歌德诗《阳光照耀下的山丘》）。故乡漫无边际，不分何时、何地，我身体血流里有一台日夜拍摄不停的小镜头，在思绪的抛物线中接收语言的成像。在人生中途意识到某些期待从未实现，某种怀疑不幸已被确认，某种悖逆得到理解，如同云朵已收起辛辣、原谅了某些事物。对这些，你可以说是短暂的幸运，也可以说是古老的伤悲。但最终还是要作别、挥手，向古老的伤悲和诗人的天命致意。

梅尖山寺

○ 林新荣

寂静一点一点在聚集
禅寺立在峰顶
像一位隐士

我步出寺院
头顶的云朵
积聚着眩晕
露水、梵钟
围着落叶打转

一些被山风吹散
一些被两三对鸟翅驮走

（原载《扬子江诗刊》2017 年第 4 期）

导读

梅尖山在飞云江的中游，海拔756米，从远处看，山的最高处极像一瓣梅花，它的山形和周边山形明显不同。我真的很佩服古人，山名取得如此别致又形象，取名的应该是个读书人！不然想不出这么雅致的名称。据说，在很久以前山上有一座大的寺院，可惜已经荒废了，那条山路也很少有人走。我每次在飞云江边散步的时候，就傻傻地遥望着，心中竟生出无限的向往。

初中毕业的那一年，不知道为什么，班主任竟带领全班同学登了一次梅尖山。那是初中三年唯一的一次出游，同学们个个都很兴奋，出发的时候大家都带了很多好吃东西，准备到山上野炊。有一个同学甚至还带了一架海鸥牌照相机，那是20世纪80年代中期，照相机在一般人家里还是个时髦的东西。我则带了自己心中秘藏着的无限的向往，爬了将近两个小时，终于到达山顶。山顶的风特别大，除了野草、野树，就是一座破败的石屋，这座石屋外形不大像寺庙，和平常看到的乡村房子没什么两样。庙里有神案，没有神像，案桌上摆放着一个旧香炉，里面有点过的蜡烛和香。又是野外，又是搞野炊，那天大家都非常开心。我心里虽然有失落感，心情还是蛮兴奋的。我在周围转来转去，也不知道自己到底在寻找什么：大江蜿蜒如练，村落屋舍环绕，绿畴交错，一马平川。我遥望着远方，心里竟滋生出无限的喜悦。

这座藏匿在大山深处的小庙就像一位隐士，石墙上爬满薜荔与青苔，地上堆积着厚厚的落叶，不时从树丛间传来斑鸠的鸣叫，山风远远吹过来，一些落叶开始随风飞舞，然而寂静却一点一点聚集起来，而后被鸟翅们驮走了……20多年过去了，却时时回到我的梦里，在梦里，除了风声与阳光，还有许多时光的轨迹，修改若干次后，这诗就变成了一首短诗，被生活所留存，被诗行所删除的细节，也许它们将出现于另一首诗中——生活的那一段时光是谁也无法删除的！

春和永驻

○ 金铃子

从他的长箫里，吹出春色
不是沈从文的翠
也不是扬州二十四桥的清辉
虽然只有七个箫孔
他却吹奏出千年的柔情
蝴蝶翅上的轻伤，或者几声杜鹃
在用红喊我，再加上石壁回响
共十六声

他惊动的不仅是瘦了的边城
还惊动了，留在我身体里的花豹
心脏边游荡的雄狮
谁说我听后
在这孤独的夜里，更加孤独

英雄，我仰慕你的时候
香艳只在高处
我注视你的时候，开过的桃花
会再开一遍

（原载《汉诗》2017 年第 2 期）

导读

丁酉春月，我在边城，不在二十四桥。地址不重要，重要的是箫声，还有吹箫的人。那人住隔壁。我才有洗耳听箫的机会。

回到住处，推开窗，天上一轮明月，夜明朗得让人吃惊。泡好一杯春茶，箫声来了。仿佛必须有月，月下的箫声才单纯才寂寞，是不敢触摸的寂寞，你一摸就乱了。这是一种意境。这是一支吹奏出柔情，或者蝴蝶翅上的轻伤，或者几声杜鹃，或者还有别的。

出门坐在院落，昏暗的灯光下，一条蜿蜒曲折的卵石小路，桃花在月下轻轻地开。望着箫声传出的窗口，想象一个什么样的吹箫者。他定然大袖飘飘，修长的肩膀，宽广的腰股，干净的衣服，与箫一起沉入这永恒的漫漫长夜。"英雄，我仰慕你的时候香艳只在高处／我注视你的时候，开过的桃花／会再开一遍"。

晨起，见一女子"粉光胜玉靓，衫薄拟蝉轻。"手持长箫，立于桃树下。单瓣花朵孤傲地向着清澈蓝天，河边几片落花若有若无。

原来昨夜吹箫者是一个女子。这世界总是看不够的江山和玉人。"二十四桥明月夜，玉人何处教吹箫"，"箫声远，明月满空山。""玉人襟袖薄，斜凭翠栏干"。可见，玉人，非常好看，非常细致，箫声"在这孤独的夜里，更加孤独"。只留给我小小的叹息，那一夜春风，身体里的花豹，游荡的雄狮，如从前的月光，只当是最好的清辉落在边城，而不是二十四桥。

真也是唯美的风景，从来都如此简单。

或者，这是诗要有源。忠实我们的感情。有东西触动你，你写了。是源，是在场。

下　山

○ 罗兴坤

送我下山的，有匆忙的流水，缓慢的落日

和慌里慌张的羊群

一颗平静的心

重又泛起生活的尘土，暮色漫过

我和它们一样，都有着一颗世俗之心

而流水里有流水的虚妄

落日有落日的不甘

暮色里，多少脚步迷失

在半途，翅膀不肯垂下

沉寂的深山，喧嚣的人世

我有着遁世的来路

我有重返梦想的归途

爬过山顶的，那半个明晃晃的月亮

多么像我丢失的游魂

（原载《时代文学》2017 年第 1 期）

导读

一个人活在这个世上，既要面对为生存的劳绩，又心怀人生的诗意，而喧嚣与沉静，放下与承受，生命里到底有多少纠结、无奈？

我经常从喧嚣的城市到家乡的青山小居，深山里到处是与世无争的古松、山茅草，闲静的岩石，毫无杂念的鸟声，沉郁的松涛。一天的时光，我坐在山岩上，隐于山水间，忘了尘世的忧烦、生活的碎屑，忘了生命的伤疼，甚至梦想，灵魂像被露水洗过的秋草，平静而淡然。

而当夕阳隐没西山，暮色漫过，歌唱的山雀已栖息于山林，放牧一天的羊群被牧人赶着匆匆走在回家的山路上，山涧的流水加大了声响，向山下湍急地流淌，远处的灯火亮起来，此时，有一种无声的召唤让我的内心为之一震：是该回家的时候了……

因为尘世的许多事情，亲人的许多期许，还等着我，像牧归的羊群一样，我还有另一颗世俗之心，还有许多的世俗之爱，如此我写下："送我下山的，有匆忙的流水，缓慢的落日 / 和慌里慌张的羊群 / 一颗平静的心 / 重又泛起生活的尘土，暮色漫过 / 我和它们一样，都有着一颗世俗之心。"

现代生活里，我们不是避世的隐士，也难以使自己的生命出世，流水急着奔向大海，而多少梦想和不舍，消失在回望的路上；夕阳落下，有多少依恋的微笑留在落幕后的天空，黄昏里归鸟扇动翅膀在寻找自己的家园，我们的灵魂需要诗意的抚慰，同时承受着生命归途中众多的纷扰。

暮色里走在重返尘世生活的路上，我内心又有一种巨大的空落感，是失去了什么？又是什么在拉动我归途的脚步？猛然回望："爬过山顶的，那半个明晃晃的月亮 / 多么像我丢失的游魂"。

清晨的散步

○ 赵亚东

我在天色渐渐变亮时
去飘荡河边散步
我知道，比我更早到这里的是
一股凛冽的寒风，撕开东边的天幕
让我能够远远地看见村庄里
那些早起的人家，正在打扫院落
去城里的马车也刚刚上路
几个年幼的孩子纷纷跳上去
叫了一夜的黄狗，此时变得温顺
在草垛一角，凝望着新月
我珍惜这样的时辰
也将在更明亮的一天
给我的儿子写信
但是我不知道我要写些什么
我无法描述这些贫寒的人们
怎样守护他们隐秘的快乐
我也无法说出
在刚刚过去的夜晚，是什么力量
让我从岁月的枷锁里，挣脱——

（原载《诗探索·作品卷》2017年第3辑）

导读

　　我曾在飘荡河边住了很久。飘荡河，是完达山余脉下一条安静的河流。在河边，零星地有一些村庄，在漫长的时光里，被岁月打磨，被流淌的时光反复淘洗。这些村庄，历经严寒酷暑，日升月落，这些村庄里的人，也一代一代地来来去去，既是轮回，也是往复，命运的石磨发出粗粝的声响，回荡在茫茫的乡土之上。

　　我就是在这样的村庄长大。贫寒，萧索，幼年的马车行走在寒冬的大雪里，父亲甩响鞭子的手被冻得僵硬，他的眉毛上结满了白霜，枣红色的马匹带着我们穿过命运的冬天。周而复始的乡村生活，那些生生世世靠天吃饭的人们，在春天耕种，在秋天收获，从没有太多的企图，也从不质问命运为何这样安排。我和我的乡亲们一样，心甘情愿地匍匐在黑土地上，在生死轮回中，攥紧一颗颗能够再生的种子。

　　多少个寒冷的乡下的清晨，我坐着父亲的马车去更远的地方。草垛里的黄狗，咬着一弯月牙，淡淡的白霜拥抱着安静的，那些早起人家的灯火和扫院子的唰唰声。当我从睡梦中被父亲轻轻叫醒，穿上最厚实的棉袄，爬上马车，最冷的风撕开了黎明的天幕，淘气的孩子也纷纷蹿上马车，我们拥在一起，腿上盖着厚厚的麦草。

　　离开（挣脱）村庄多年，这些细节依然在我的生命里，从不曾失去。但一直没有生成为诗。直到十年前的冬天，我又一次回到村庄，把自己交还给乡土，让生命渐渐地返璞归真，回到澄明。就在某一个清晨，我在村庄里漫步，那往昔的一切重又生长出来，内心有一种深沉的情绪流淌，在我的血液里清脆地鸣响。那一刻，我泪流满面。

我喜欢那些半途而废的事物

○ 胡　平

比如水波在奔流中

忽然折返身子；树木在行走中

忽然止住脚步

比如向东吹拂的风，忽而转身向西

几只小鸟，争吵着回到了原点

一只狗对着虚空，渐渐萎缩下去的吠叫

比如，唱了一半的歌

倒了一半的酒，写了一半的诗歌

那些欲言又止的空白

将美与想象倾倒在你的脑海里

我喜欢那些半途而废的事物，残损的美

美中的不足，以及这并不完整的世界

（原载《星星》2017 年第 3 期）

导读

这个世界并没有我们想象中的那么美好，与其苦苦地追求完美，不如停下来，好好享受自己身边那些并不完美的风景。

人生本来就充满了残缺，用不着跟完美较劲。有时候，能让人念念不忘的，恰恰是那些不完美的事物。不是有人说过吗？有遗憾才有人生，有坎坷才有经历，有经历才有财富。

诗歌，有时候表达的就是诗人一瞬间对于人生的感悟，譬如对那些不完美事物的接受，甚至喜欢。因为，在我们的现实世界中，不完美的事物比比皆是，我们应该学会以一种健康和自在的心态去面对它们。

当然，接受甚至喜欢那些不完美的事物，并不是鼓励你在人生的旅途上半途退缩，恰恰相反，在人生的旅途上，我们对于自己所选择的路，一定要坚持走完。而接受和喜欢那些不完美，只是为了让我们拥有更加随性、自在和健康的心态。只有拥有了那样的心态，我们才能在人生的旅途上卸下重负、轻装前进，才能快乐地宁静地体验人生旅途上各种各样的美。

这首诗，我试图提示那些过于追求完美的人，去适应那并不完美的世界。

准确时刻

○ 胡　弦

室内有两只钟，
一只壁钟，一只座钟。
壁钟总是慢吞吞的，跟不上点；
座钟却是个急性子，跑得快。
在它们之间，时间
正在慢慢裂开——

先是一道缝隙，像隐秘的痛楚；
接着，越裂越大，窗帘，求救般飘拂；
然后，整个房间被放进
某个失踪已久的世界……
"几点了？"有人在发问，声音
仿佛传自高高山顶。

所以，每次拨正指针，
你都有些茫然，像个从远方
重新溜回生活中的人。
——最准确的一刻总像是
陌生的：掩去了
许多刚刚被看见的东西。

（选自诗集《空楼梯》，中国青年出版社 2017 年 9 月版）

导读

坐在室内，某些时候，我会留意到钟表的声音，甚至会静静地听一会儿。座钟是个急性子，嘀嗒嘀嗒地快走。落地钟慢，稳重，包括钟摆的摆动，但走到整点时，它会发出浑厚的报时声，严肃而有使命感，钟摆，像心脏在叩门。要在极其安静的夜晚，才能听见手表的走动声，或者在某些特殊时刻，你能感到那纤细的秒针正在计数的时间施加给手腕的压力。

每一只钟表都有自己对时间的认定，当然，是以准确为目的，当然，也以难以避免的有误差的方式，这和诗人在一首诗中对事物的命名很相似。当你觉察到座钟、壁钟、手表都在走着各自的时间（一个技师曾告诉我，那些昂贵的机械钟表总是需要调试，类似生活中那些任性、难以管理的人），对同一时刻它们总是有各自不同的表述，我们认定的某个准确时刻，在另一枚指针

那里总有另外的说法，这很有意思。更有意思的是，那种滞留在误差之间的时间是一种什么时间呢？它拖后，同时提前，像多出来的，又像早已遗失掉的，但它真实地存在着，平时看不到，却会在钟表不同步履的走动和错位中间显露出来。

但许多事，都发生在那种时间中——记忆曾被描述，但也许，真正的往事并不在那里。一个经由钟表的步履差异而出现的时间的裂缝，敞开了另一个世界，那亦真亦幻的场景，我们记起、看到了它，又陌生得像第一次看到。原来，它一直隐身于时间深处、那几乎与我们一样的时间中。而另一个我，我们，也一直隐秘地生活在其中而不自知。

走神，如同发现，如同对真实自我的一次窥视，连同那场景。拨正的钟表试图把它掩盖掉，但我们已看见了它，并再也难以忘记。

黏在一起的手指

○ 胡茗茗

来美国三天，和女儿见了两面

今晚，我说服抱着三个食品袋子的女儿

陪我睡一夜

雨滴在耳边不停絮语

凌晨四点，我醒来

摸黑碰到女儿的手，下意识拉住

才发现，这两次见面，彼此的手

还没碰过

睡梦里的女儿，紧紧攥住我的拇指

一下，又一下

我听到我的血，又从女儿身上流了回来

从小到大，都是我握着她的小手睡去

现在，在异国，换作她牵着我

雨，把窗棂打得生疼

我抽出黏在一起的手指

一些汗，一些恩情

正透过皮肤，渗了进去……

（原载《诗刊》2017 年 7 月上半月刊）

导读

2016 年的冬天，我生命里最寒冷的季节。父亲病逝不久，我来到美国西雅图看望同在悲伤中的女儿。一见面，就感觉到女儿的不同，刚刚放学回来的她，十六岁的小身板拎着三四包大大小小的食物（她为我采购的口粮），笑盈盈地冲了进来，小声叫了我一句就又冲到厨房张罗晚餐。她知道我暗暗地担心，知道我或许出行困难采购困难，提前想到为我准备下什么，包括我没想到的洗漱用品和拖鞋。

夜里，西雅图的雨，照例袭来，倒时差的我，扭头看着熟睡的女儿，像小时候那样伸出我的手，紧紧握着她柔软的手，这双手，从襁褓开始就习惯性地被我握着才能入睡，仿佛在睡梦中我们也能给予彼此力量。这双手，我亲历了她的变化和长大，那难以言传的温度不曾改变。第一次被女儿悉心照顾，在异国他乡，第一次发觉女儿忽然长大，失去了父亲的我意外得到女儿的疼爱，想到这些，我的泪水流淌下来。

仿佛窗外的雨，适时浇落于脸庞，我轻轻拿出手机，用最朴素的手法和语言轻轻在上面记录下了这一瞬间，仅仅是记录。我知道，我记录的不仅是母女间的情意，更是生命的一种变更和传递，且生生不息……

小儿张桐

○ 星　汉

小儿张桐，刚满七岁
今天下午不知道他怎么了
一脸焦虑
在客厅里低着头不停地来回走动

我问：张桐你怎么了
他说：爸爸，我的头上有一朵云
总追着我下雨
我怎么躲
也躲不开它

我说：张桐，你过来
躲到爸爸怀里来吧
爸爸给你遮雨
他摇摇头说：爸爸，不行
我躲到哪里
它都会找到我
让它下吧
下完就好了

下完，我头上的天空就晴了

我说不好那是一朵什么样的云
为什么要追着一个孩子
不停地下雨
可我帮不了他
只能眼睁睁看着他一脸焦虑地
在客厅里低着头不停地来回走动

（原载《鸭绿江》2017年第5期）

导读

曾经有人问我：如何才能把诗写好？我说不要看重自己所谓的诗人身份，放低自己的身段，用一颗悲悯之心去关注周围的一切，贴近生活，写自己熟悉的事物。

我不知道这样的答复对方满不满意，但我确实就是这样理解的，在自己二十几年的创作中，也是这样走过来。

就拿这首诗来说吧，记得是2016年8月的某一天下午，当时我正在客厅里看书，小儿张桐从书房里出来，低着头，也不说话，在客厅里来回走动。我问他，张桐你怎么了？他说：不知道怎么回事，我的头上有一片云，总是追着我下雨，怎么躲也躲不开它。

当时我很惊讶一个孩子能说出这样的话，也不知道在他小小的世界里发生了什么，但他的话确实触动了我。当时我只是记住了这句话，没有写，因为我不知道从哪个角度入手。

在那以后的几天里，我反复回想着当时的情景，寻找着为己所用的"材料"和创作的切入口，一个星期后，我才动了笔。

诗歌是通过语言艺术，对生活进行的一种高度概括和提升，使看似普通的事件或事物，有了特殊的意味或意义。

在这首诗里，我结合自己的人生经历和创作经验，对原有的材料进行了扩容。自己身为北漂，我把内心的漂泊感以及远离故乡的孤独感和对未知命运的忧虑糅进了诗中，意在使这首诗变得更加厚实而具有张力，读起来更有嚼头。

这首诗格调低沉而忧郁，但我想能触动我们心灵的正是这些，而不是别的。

黎 明

○ 侯存丰

他也许永远不回来了，也许明天回来。

掩上书卷，鲁霞突然觉得无事可做，就走出宿舍，

来到教学楼下。已是假期，走廊空寂得紧。

不想停下，就一间教室一间教室地漫去，

看到有桌椅上散落便食袋，便轻轻念叨：这些孩子呀……

是啊，这些孩子呀！蜡烛燃上，

在逼仄的房间里，偷偷阅读肖洛霍夫……

不知什么时候，校园已苍白一片。下雪了。

鲁霞望着雪地上蹒跚的欢快的脚印，笑着挥了挥手……

（原载《诗林》2017 年第 2 期）

导读

冬日的校园显得有些落寞，长长的林荫道，香樟树丛枝叶依然繁茂，行人却不见几个。位于北校区的一个角落，红砖砌成的家属楼，还是那么古旧，外墙点缀着苔藓，打开的窗玻璃上凸显裂纹。一切看上去似乎还是原样，就连家属楼前的那个篮球场，还是那么空旷，地上白色的弧线隐约褪去。我独自行走着，徘徊在母校的一隅。我想寻回点什么。

2015年冬天，我就在这里遇到了心爱的女孩。我们租住在北校区家属楼的二楼。冬日漫长，我们的日子简单而幸福。平日，她去上课，我就在楼下的篮球场转悠。周末，我们常去附近的小学或者公园散步，偶尔会整日待在租屋看书。

后来，我们分开了。我不记得她叫什么了，也不知道她毕业后去了哪里。我用我们一起读过的书中的人物称呼她鲁霞。这首诗写的是我们在一起时生活中的某些场景，简单、知足。

岁月流逝，我现在年轻，但也只能在诗中呼唤她回来了。

我写诗歌，总是从自身的经验出发，试图还原历史中真实的自己。这首诗作为对过往岁月的一种深切的怀念，饱含着我深深的思念之情。诗歌的小题目是黎明，黎明是一天的开始，也是一个人最美好的青春时光。而诗中的鲁霞的黎明是什么呢？作为老师的她，在漫长的寒假期间的一个早晨，带着孩子，走出宿舍，闲游着空落落的教室，所见之景触动着她相思起远方的未归人。

诗是以鲁霞的女性视角来审视这段场景，细腻地记录下鲁霞轻巧而寂寥的身影。采用这一方法，我更能走进她的内心，仿佛诗中的她在与诗外的我产生了无言的对话："他也许永远不回来了，也许明天回来。"

夙 愿

○ 祝立根

站在怒江边上，我一定羡慕过一只水鸟

贴着波涛的飞翔

离开故乡我穿过了怒江

回到故乡，同样需要

有过一次，在怒江的吊桥上

我反复地走去又走来，反复地

穿过怒江，迷恋着脚下的波涛

和胸中慢慢长出的迎风羽毛

那是一个灵魂出窍的黄昏

江面上的反光，像朝圣者手捧的烛光

仪式般的行走一直持续到了我的梦中

那天晚上，在江边旅馆

我一再梦见一只水鸟，在低吼的江面上

飞翔，像在寻找着什么

又似乎一无所求

（原载《边疆》2017 年第 2 卷）

2014 年秋，我只身一人从昆明到怒江州出差，傍晚坐在怒江边上，抬头天空如幕，低头江水呜呜，横亘在眼前的，是黝黑陡峭的高黎贡山。山的另一边就是我的故乡。相隔已不远，却又咫尺天涯。我记得在和父亲的通话中我忍不住悲从中来，双眼潮湿。离乡近 20 年，从孤身一人到异乡娶妻生子，个中辛酸不必细说。长久在生活的波涛中起伏、颠沛，让我彷徨、焦虑，心无所依。我也相信这绝不是我个人的经历，在时代车轮滚滚的碾压之下，现实的故乡已面目全非，记忆中的故乡宛若隔世风景，越来越模糊。

不得不说，这是我们这一代人共同的命运，我们注定是精神上的孤儿。但作为我们维系过去和面对未来的精神脐带，明知答案可能永不浮现，我们还要反复地追寻、反复地追问：我们的故乡在哪儿？我们的心安之处在哪儿？长久的追问也为每一次可能的返乡带来了一种朝圣般的仪式感。也意外地为追问本身带来了意义！

我渴望像一只水鸟那样，穿过生活和光阴的波涛抵达内心的故乡，它那么轻盈、自由，身上长满了洁净又柔软的羽毛。

我渴望抒发我对故乡那种无限热爱又无能为力的感情。同时，作为诗歌的书写技艺，我将这首诗歌中的语言节奏，尽量控制得像江水那样，低沉又缓急有度。我觉得江水里面，蕴藏着一种绵延不尽又引人迷恋的力量。

蓑羽鹤

○ 哨 兵

雪雾中蓑羽鹤躲在众鸟外边，支起长腿
洗翅膀

蓑羽鹤打开乐谱架，却拒绝加入
合唱团

驾船路过阳柴岛，我在洪湖遇见过她们
终身的一夫一妻，比我更懂爱

这个世界。古铜色的喙
藏有小地方人的嘴脸，属我的

属人类的，因羞涩
怯懦，面孔在黄昏中憋得发黑

（原载《十月》2017 年第 5 期）

遇鸟，在洪湖，于我，是遇见了一些命中注定要见的人。

这与所谓的自然保护主义无关，与浪漫主义无关，更与所谓的神性毫无瓜葛。仅仅与生命的高贵、偶然和虚无息息相关。

说"蓑羽鹤"。这鹤，按习性，只在新疆、宁夏、内蒙古等高寒高纬度地区生活，越冬地在西藏，最靠近洪湖的迁徙地也在河南一带。在洪湖能遇上这鹤，算是奇迹了。记得那年在湖区见着这鹤，湿地保护区张姓护鸟员的兴奋和惊喜。举着高倍军用望远镜，这个年近六旬的老鳏夫仿佛望见了早年因贫穷抛他不顾的妻子，多年后又回来了。寒风中，冷雨里，仓内，就着黄昏，他抻开皱巴巴的观鸟日志，点数起鹤的只数、形态、颜色，甚至，夸张到估算出鹤展翼宽、喙长、腿长、身高……护鸟员对蓑羽鹤的热爱感染了我，一个被生活彻底打败的男人对世界的热爱感染了我。在洪湖微弱的光亮里，远远地，我凝视起那群来自远方的不速之客。

在天鹅和鹭群之外，躲藏着，或者说，不屑顾念其他；长腿支在浅滩上，像打开的乐谱架，却拒绝加入鸟们的合唱；自顾洗翅，间或也梳理伴侣的泥尘……长久对视后，我觉得我可以成为他们之一了……

写蓑羽鹤时，我没想过是在写诗。在随身的笔记本上，关于象征、隐喻、修辞、意象，那时，根本就不存在。我只是在那片无人区，真实而诚恳地写下我所见和十行汉语，罢了。

天快黑时，湖风中，有一种奇怪的声音一直在劝慰：我就是蓑羽鹤，那鹤也是我。于是，才有"小地方人的嘴脸，属我的/属人类的，因羞涩/怯懦，面孔在黄昏中憋得发黑"。

我欢快地哼起了歌儿

○ 徐　晓

她们都熟了，像一粒粒

饱满的浆果，颤颤地摇晃在枝头

而我，还没有长大

刚刚从深草中露出蘑菇的头

我看见的天空蓝得没有杂质

六月就要到了

我也穿起了翠绿的连衣裙

裸着一双光洁的腿

微微鼓胀的乳房，被她们取笑

但心里藏着喜悦

去见一个人的路上

空气是甜的，让人发晕

他的样子，早已刻在我的眼睛里

我就要长大了，真好

路旁的枝叶沙沙地摇晃起身子

我欢快地哼起了歌儿

仿佛是一枚羞涩的果子

刚刚露出了它的鲜艳和清香

（原载《中国诗歌》2017 年第 2 卷）

导读

每个人都要经历成长的过程，从童年到青春期，再到青年，不知不觉间就长大了。女性的成长并不是一帆风顺的，其间必然伴随着各种各样的曲折。爱情的萌发、情感的悸动在青春花季的少女心中，有时便意味着生活的全部，是她逃不开、躲不过的命。那种隐约的、潮湿的、新鲜的情愫就像一棵破土而出的嫩芽一样突然就绿了整个春天，而这千般滋味几乎充满了一个少女的整个青春期。

我喜欢春夏过渡的那个时节，万物葱茏，生命仿若一个诱人的谜语。尤其是清晨，连空气都充满了甜滋滋的味道。这多么像刚刚发生在少女身上的爱情

啊，清新、神秘、欲说还休，酸酸甜甜如"一枚羞涩的果子"。

当我感觉到爱情降临的时候，是诗歌最先收容了我这颗忐忑不安的心，它消解了我的犹疑、软弱和胆怯，只存留下一份纯粹的美好和喜悦，即诗歌先于现实抵达了爱的目的地。因而，在诗歌中，爱着的那个人是谁并不重要，他可能根本不存在，只是想象中的一个影子或轮廓，也可能在文字的组合下变成了与现实完全不同的另一个人。是诗歌令我心底那难以言表的复杂感情有了依托。一首诗歌的完成并不预示着某种终结，它的内部存在着无数的可能性，谁也不知道谜底会在何时揭晓，如同爱情。

散步者：致修辞的拐弯

○ 徐俊国

野鸭对一条河的了解，

不仅仅浮于水面，

还经常沉潜，试试深度。

小时候，我也喜欢扎猛子，

练习憋气，沉溺于危险的游戏。

这些年，生活把我教育成一个散步者。

岸边，酢浆草空出一条小径，

我被尽头鼓励着走向尽头，

把未知的弯曲，走成已知的风景。

这个过程带有惊喜——

春风轻拍枝条的关节，

拍到哪儿，哪儿弹出花朵。

正如你们所知，花开是有声音的。

除此之外，

晨光，唤醒视力……

爱，调整琴键的呼吸……

每一种修辞，

都有妙不可言的拐弯……

所有这些，我都深深迷恋。

（原载《诗潮》2017年第1期）

导读

生活早晚会把我们教育成一个散步者。一种尽头的终结感，鼓励着我们走向人生暮年的另一种开端。所谓余生，大概是油尽灯枯前的花径散步，所有必须经历的未知和弯曲，都会在灵魂的自我训练中成为柳暗花明的精神景观。

写出这首诗之后的我，在车水马龙的上海郊区，"闭门即是深山"地隐居于"鹅的花园"，"读书随处净土"地埋头于"鹅的书吧"；开始崇尚断舍离，喜爱枯山水，沉迷于侘寂美学，反反复复读王尔德、圣埃克苏佩里那样的老童话，大段大段地背诵梭罗日记；某天黄昏去大仓桥喂好流浪狗，回家读吉田兼好，恰巧翻到"看到所有的生物，没有慈悲之心的人，也就没有人伦"这一页，眼泪无声泉涌，像第一次在西林禅寺听经时星星涌出天空。

人到中年，可以考虑拐弯的事情了。人生百年，说白了，是一个不断接受时间磨损的修辞。"每一种修辞，都有一个妙不可言的拐弯……"如果悲伤是身体里一个必不可少的器官，我希望它是胃，所有肤浅的行乐和麻木的虚度，请它消化和灭杀。中年生活和中年写作，所有的修辞都应该是沉甸甸的，包括此刻。此刻我正在参与的生活和正在进行的写作，正是我年轻时梦寐以求的样子。

野鸭要完成对一条河的了解，仅仅漂浮于水面是不够的，必须沉潜，"试试深度"。写作者当然也应该具有"试试深度"的冲动：寻找具有难度的修辞拐弯，进行独特而深刻的语言创造，让诗人的赤子之心与人间万象、自然万物取得深刻的呼应。

博尔赫斯说他的时代最大的悲哀是"我们并不相信幸福"。迎面而来的机器人时代，虚拟的胜利和科技的凯歌势不可当，然而万物灵长的内心，并没有得到与之相应的强大，我们并没有解除"不相信幸福"的悲哀。

在《小说理论》的作者卢卡奇看来，希腊星空是一张璀璨的地图，它由可走和要走的诸条道路组成，亦为星光所照亮。生活已把我教育成一个散步者，我希望自己脚下的道路和地图，也像我眼中的星空一样充满光亮。"晨光，唤醒视力……/ 爱，调整琴键的呼吸……/ 每一种修辞，/ 都有妙不可言的拐弯……/ 所有这些，我都深深迷恋。"

拐弯的河滩

○ 高若虹

这河滩　走着走着突然就向东拐了个弯

对一个人来说　多半是因内急而改变方向

而河滩　就是河滩　远远地看

更像一根苍老的树干　在延伸的途中　被风突然折断

不知为什么　我从小就喜欢上这个拐弯

它神秘　隐蔽　含蓄　还有未知和猜想

很多个暮色顺着墙往下蹲的黄昏

我都会看见母亲倏忽一下从拐弯处走出来

迅捷　简单　意外　像豆荚里突然蹦出的一粒黑豆

母亲头上箍着的白羊肚手巾　闪电般

照亮我家隐藏在黑暗里的小米　土豆

和睡熟了多少火焰的锅灶　土炕

也有出嫁的唢呐呜哇响着拐进弯去

那一张桃花样红红的脸　一身桃花样红红的棉袄

仿佛一束跳跃的火焰　拐进弯　就被扑地一口吹灭

待再从弯里转过身时　已是一个粗糙　潦草的妇女

好多年　我一直对这个弯保持着好奇

曾独自偷偷地走了几次

可走了就走了　待我回头　那弯就是个弯

并没有什么鲜为人知的地方

每天　村里的人总要走出走进这个弯

它向北是十五华里的罗峪口镇　向南是五十公里的兴县城

再远就是吕梁　就是太原

这些卑微的人或远或近地走了

留下那个弯　好像就是为了搂紧他们的快乐与忧伤

（原载《诗探索》2017 年第 4 期）

黄河拐了九十九道弯吗？我不知道。我知道的是，它流经位于晋陕峡谷我的那个小村——滩头村时，确实拐了弯，不是一道，而是两道。两道弯弯成一个倒置的 S 状，深深凹下来的那道弯，像老牛怎么也拉不直的一架犁杖，嵌在我们村通往外面世界的日日被黄河拍打的唯一一条路上。

这个弯，至今还是弯，即使后来拓宽修成沿黄公路，黄土路变成柏油路，仍像我们村的命一样没有改变。

我母亲从这道弯走进我家，外村的姑娘从这道弯走进我们村变成婆姨，我两个妹妹也是从这道弯被唢呐吹出去的，吹得好远好远。再回来时，仿佛不是我妹妹了。如此，黄土梁上一个个隆起来的坟墓，也只不过是这个弯的凸起。

我惊讶这道弯。一道弯一点点地具备了养育人的力量、呵护人的温暖，正如我诗里所说"留下那个弯／好像就是为了搂紧他们的快乐与忧伤"。人在这道弯里生活久了，走得久了，便有了与之相呼应的气质和性格，即使一个人从弯里走出去，走到远方，他的身上也抹不掉像衣领一样依附的这道弯。在这里，最原始的方式，也是最完美的规则。它既弓一般射出自由、渴望，也铁箍一样掣肘着生态和命运。

但对我来说，"我从小就喜欢上这个拐弯／它神秘 隐蔽 含蓄 还有未知和猜想"，我沉浸在这奇妙的自然、人文环境之中，不能自拔，在它制造的忧伤、酸楚、快乐、憧憬、意外、惊喜里走着，我爱它同时也被它爱着。这是家乡的馈赠，没有什么比母亲胳膊一样的弯，更体贴、更温暖、更安全、更适合我的口味。因为，它不会扔下从这里走出去的任何一个人。

闲时，我坐在我家窑洞前，长时间地看着院子里那棵已百年的长得也像一道弯的老槐树上，斑鸠、麻雀、喜鹊飞走，飞来回，再飞走，蓝蓝的寂静的天空中，只剩下一棵弯弯的沧桑的老槐树坚守着……

薛家岛

○ 高建刚

过去，我们去薛家岛是乘轮渡
把车开进船舱，在阴暗的
油污气息中，等待沉重地启锚
伴着巨人金属的摩擦声
我们一边抱怨它的慢
一边到甲板上打发时光：
巨轮、渔船、鸥鸟各自忙碌
越来越近的发电厂烟囱吞云吐雾
话题被风吹来吹去

现在，我们驱车穿过黑洞洞的海底
从白昼突然闯入黑夜，车灯照亮了
海底的柏油路和黄白指示线
我感到海洋在我们头顶，像狮子
窥视着我们……

一眨眼，就一头栽进薛家岛的早晨
我们惊喜它的快……

某天中午，我在键盘上

敲打着薛家岛的一草一木

忽闻远处码头的汽笛声

一种莫名的惆怅油然而生

（原载《山东文学》2017 年 7 月上半月刊）

导读

薛家岛与我的住处隔海相望。过去，我常乘轮渡去薛家岛办事或在渔村游玩。行程一个多小时。每次去薛家岛都打怵车辆排队登船，排队下船；慢吞吞起锚、抛锚、行船。缓慢得让你无可奈何。去一次薛家岛基本耗费一整天的时间。

多年后，团岛湾至薛家岛的海底隧道建成。记得我第一次驱车穿过海底隧道，抵达薛家岛时，感到简直不可思议，十几分钟就到了，如此之快，

也就是以前在轮渡甲板上抽支烟的工夫！

后来去薛家岛总是驾车穿过黑洞洞的海底隧道。时间是快了，但去薛家岛的过程缺失了。

随着海底隧道的建成，开往薛家岛的轮渡随之取消……

一天中午，我在家里听见来自码头的汽笛声，遂想起那些来往于薛家岛的渡轮，它们已经锈迹斑斑，或已废弃或已挪作他用。去薛家岛再无渡

轮可乘。遂想起乘轮渡时，在甲板上打发时间的情景，想起大海上忙于航行的巨轮，渔船马达排出的青烟和柴油味，以及各种鸥鸟的飞翔……那些一去不复返的情景忽然变得美好起来。

这就是我写这首诗的起因。

这首诗所要表达的就是这样一种情感：生活中许多东西从你身边不知不觉消逝，当它消逝的时候，你才意识到它的美好，它的不复存在。

情感之外还有一种哲思，世界总是向着快的方向飞奔，快，对于现实生活来说，应该是好事，但对人生的本质来说，它的负作用显而易见，它夺去了人的悠闲或者说自由的过程。这种快与其说是向着好日子飞奔，不如说是更加快速地向着死亡飞奔。

傍晚，石浦港内的几种事物

○ 高鹏程

一切都在下沉。

逐渐暗淡的光加重了石浦港黄昏的重量

东门岛像一条大鱼的脊背。

铁锚在水底生锈

少年走进了中年的滞重

一颗早年的星辰也混迹于甲板下的淤泥。

暮色降临

只有黑暗中的海水，还在用含盐的骨骼

努力挺起一朵渔火

让人感觉，它和一艘万吨巨轮有着同等的重量

而港面之上，依旧有轻盈的事物

一只白色的海鸟，还在继续翻飞

并且在翻飞中逐渐脱离了肉身

哦，这灵魂的纤夫，还在坚持

试图把暮色中淹没的事物向上拔高一寸

（原载《诗刊》2017 年 1 月上半月刊）

📖
导读

石浦是浙江象山半岛最南端的一座渔港小镇。是我二十年前踏上异乡之旅的第一站，也是我开始最初诗歌练习的地方。我在这里生活了十年之久。然后离开。

2016年冬天的一个傍晚，我重新踏上了这片暗蓝色的土地。眼前的一切和十年前的相似。但毕竟有些东西不一样了。时间已经过去了二十年。"一切都在下沉，少年走进了中年的滞重，一颗早年的星辰也混迹于甲板下的淤泥"。二十年。时间一点一点消磨着一个外乡少年对于生活的热情和远方的想象。

驱车在渔港马路穿行，很多记忆里叠加的往事开始涌出。于是就有了这首诗。在这首只有十五行的短诗里，包含了三个层面的空间：海平面、海平面以下和港口以上的天空。在我过去的诗篇里，海平面就是生活的平面，海平面以下属于记忆和未知的部分，而海平面以上的东门岛，是真实生活中我能够到的最高处，再往上，是天空，我所仰望但无从抵达的高度。

渔港马路很长，我曾经一度以为它能让我走完剩下的流年。但是，十年以后，我还是离开了这里。再一个十年以后，当我重新回到石浦港，对面的东门岛已不再高耸，而是像一条露出脊背的大鱼，更多的部分已经没于水中。那些早年我仰望过的星辰，那些理想的闪烁，也沉在水下的淤泥里。人生不可避免地走向沉重甚至沉沦。

但毕竟还是有一些轻盈的事物存在。比如那只在暮色中翻飞的鸟，它曾多次出现在我早年的诗篇中，它代表着我对那些达不到的高度的向往，它曾经在我的肉身之外。现在，我愿意把它想象成从我沉重的肉身中分离出去的灵魂。依旧保持着对天空的兴趣，并且试图像纤夫一样拖住我不断下沉的身体。

而另一些事物，比如那些海面上的渔火，我曾经认为它们是漂浮的，动荡的，轻盈的。但是，现在，我知道了它们的重量。那些海水中含盐的骨骼在暗中支撑着它，使用着和支撑一艘万吨巨轮同样的力量。

清 晨

○ 郭晓琦

因为月光隐去，清晨并不盛大
只是露水打湿了
那个早起的人半截裤腿
和空空的内心
只是一只鸟的鸣叫
引起了另外一只鸟的呼应——

因为阳光还未照临，清晨也并不开阔
只是几个孩子
从慢慢明亮起来的光线中
钻出来，但又迅速地
闪进了村校。只是一缕清风
缠绕着另一缕清风
并将夜里淤积的半洼雨水搅浑——

导读

许多年过去了，我虽然工作和生活在喧嚣浮华的都市，但在诗歌创作上却一直没有放弃那片宁静而厚重的故土。我将目光放得很低，低到一株在风中哆嗦的小草，在雨中孤独开放的野花……我喜欢这样一条属于我个人的带着厚重泥土气息的道路。在这条道路上，任内心恬淡淳朴、精神自由呼吸、生活缓慢自然。也许这就是一个写作者在灵魂深处的返乡。

说得似乎有点生硬了，这与我平时的状态不怎么搭界。一句话，我一直在往回走。往回走也是一种寻找、探索和发现。既犹豫又大胆，既真实又虚幻，既熟稔又陌生……我应该是在某个清晨突然想起许多年前乡村的一个清晨。这种时空对应性显得性感而神秘。一些晨月下的场景、场景中的人、与人共时共地的鸟；一些晨光中的孩子、孩子的村校乐园、乐园内外的清风。这些物事和指明物事的乡村语言，全部朝我涌来，等待我把它们一一澄明于诗行中。这些物语，使我魂牵梦萦，偶尔会在某个带雨的清晨将我唤醒：仿佛我又回到了乡村，回到了那静谧、精致、鸣响、深情的故土。

返乡是一种追忆。追忆实际上是一种间接的存在。

鸟飞鸟的

○ 离　离

鸟飞鸟的，它飞过了蓝天

鸟飞过冬天，雪下在白色的山顶上

鸟飞鸟的，它没有低头看一眼人间

你说有只鸟儿飞过了

我们一起抬头

我们抬头的瞬间

幸福来得那么自然

（原载《人民文学》2017年第4期）

导读

《鸟飞鸟的》这首诗写于2015年秋天。每一年我都有那么一段时间，颓废，沮丧，低沉。写这首诗之前也是。有时候会一个人走出去，只背个小包，只选择小路。没有别的想法，只是想暂时离开眼前的生活状态，想要一个人静静。甚至于有些时候，只是选择一个窗口，有光散落进来，无声无息的那种，我站在窗口，向外远望。

也许，鸟就在此时正好飞过窗前，或者稍远一点的树梢。不管从哪里飞过，都不要紧，关键在于飞。

有时候看鸟就像看一种风景。小时候在农村长大的我，已经习惯了没事的时候看看鸟是怎么远走高飞的，也习惯了盼着它们幸福地飞回来。

鸟飞鸟的，我看我的。我们之间似乎没有一丝关联。又或者，我们的呼吸和此刻想要远飞的欲望是一致的。

也有那么一些时候，和相爱的人一起走路，会被突然起飞的鸟儿惊到。羽翼浮动，我们一起听见的声音都是极为平常的，就像我们之间的幸福，也是极为普通的那种。

雨天和蛇

○ 唐　欣

八九岁时就见过一点世面
在假期一个大雨的午后
他的同学　一个医生的儿子
请他欣赏医学书上可怕的照片

另一个礼拜天他目睹了杀鸡
行刑者动作熟练　刀子锋利
他注意到　隔了一会儿　窗台上
碗装的鸡血已经变黑

那本小说似乎涉及某种秘密
可惜含糊其词　语焉不详
没有关系　他在脑子里想象
并补充了全部的细节

一个夏天的晚上他正在洗脸
后脑勺突然感到莫名的寒光
扭头一看　报纸糊的顶棚上
一个窟窿里　果然　一条蛇
正伸出头来凝视着他

（原载《读诗》2017 年第 3 期）

导读

童年和少年时代是每个人的起源，那会儿的某些记忆和感受也是难忘的，据说它们甚至决定了后来我们的很多体验和情感的方式。一方面，那时候像歌里唱的，天总是很蓝，日子过得很慢；但另一方面，那时候似乎也是莫测的，有点神秘的，经常还有着某种莫名的恐惧，可以说，后面的这些东西反而令人更印象深刻。

这首诗里说到的几件事差不多都是我经历过的，当然也没准儿为记忆所欺骗，并且添加了夸张和变形的成分。事情有实有虚，我喜欢写出细节和氛围，要是能还原出当年的感觉就更好了，其实我们是要把当年的感觉重新创造出来。最好像电影画面似的，把它们并置在一起，互相比照，互相发明，也是挺有意思的。也许还能够起一些化学反应，造出一些附加的效果。好像也无须判断和说明，更不必感慨或抒情，我觉得，它们本身就构成了重返根本就说不清道不明的、我们自己的少年时代的一种途径。

夜是一匹幽蓝的马

○ 谈雅丽

姨妈老得厉害，妈妈看见她七十多岁的姐姐
说话含糊，走路蹒跚，头发银白
并不像前些年，她俩在院子里斗气
说狠话，她一甩手从此一去不回

后来十年，她们没有一个电话，没有见面
湛江、常德，距离使她们决定相互忘记

当姨妈从火车上下来，看见她妹妹就哭了
随身的椤于里装着姨父的骨灰

也许是她携带的死亡使亲人获得了和解
她俩在夜色中手拉手地哭泣
不再为过去斤斤计较——

站台边一座低矮平房，房边种着青翠的蔬菜
清冷的光线流了一地
使那天的我恍惚觉得，夜是一匹幽蓝的马

（原载《诗刊》2017 年 8 月上半月刊）

导读

姨妈将从湛江回到阔别已久的家乡。妈妈一共有四姊妹，姨妈是最大的一个，姊妹们商量着到小时候一起长大的山村桃花溪聚会。她们已经分别多年了，从前因为家中琐碎，姊妹有了矛盾，姨妈随姨父远走南方，自离家后很少回来探亲，她们联系也少，逢年过节才偶尔打来电话，感情一直较为淡薄。

此次回来是因为一件大事：姨夫去世没多久，他的遗愿是想叶落归根，安葬在故乡王家冲。姨妈因为失偶的巨大悲痛身体也垮掉了，连走路都很困难，姨妈想把他的骨灰带回家乡安放。

秋天的傍晚夜凉如水，在一座孤独、寂寞的站台上，姨妈被乘务员从火车上扶下来，妈妈看到她衰老的姐姐，亲人相抱，热泪直流。骨肉亲情并没有因为距离而变得生疏。在死亡的真实面前，其余的事情显得轻微渺小，从前的宿怨更是云淡风轻。

思想的深度和力度在于人文情怀与细节描写巧妙融合。本诗就是从这样一个关于生与死的讲述开始的，一件接站的小事，一段姐妹恩情，一些情感细节。在诗歌表达上力求去伪存真，去除多余的语言和修饰，从一个观察者的角度，用简洁的白描来感受生命的脆弱和厚重。

光阴白驹过隙，转瞬即逝。无限与有限，短暂与永远，记忆和温暖，是诗歌永远的主题，个人生活的真实处境与宿命直指诗歌意象中那匹神秘而幽蓝的马。

一条新路通你家

○ 桑　眉

夕光同样照耀山冈

那里庄稼荒芜，巴茅封山

你在山中做神仙

你的父亲带领我们去看你

他表情平静，不言语

但手中砍刀愤怒

遇草铡草，遇竹劈竹……

你的兄弟肩挎竹篮

装着三挂鞭炮、一捆草纸、一把香

两碗米饭、一碗肉、两个酒盅

以及父亲酿的新酒

你坐北朝南，毗邻祖父和妹妹的小筑

你的妻子远远落在后面

泥土松软、断草清香

一只蝴蝶跌倒道旁，等待她来

扶上新枝……

夕光照耀——

你刚满十岁的女儿

握着采来的小花

走在那条新路上

（原载《中国诗歌》2017 年第 1 卷）

导读

　　此诗属怀人之作，与另两首小诗（《天使》《夕光照耀》），合为小组诗《夕光照耀》。

　　起句开门见山，但"同样"二字，却言外有意。意在承接之前的"照耀"，在《天使》中，夕光曾照耀田野中玩耍的孩子；同时，也指夕阳无私，"庄稼荒芜，巴茅封山"的山冈也不遗漏。"夕光""照耀"是此诗（此组诗）的关键词，"夕光照耀"既是一个写实的场景，也是源自内心的忧伤而又明亮的祈请。

　　整首诗，记录了一家人去山中看望"你"的情形，叙述平实、冷静，情感节制……要不是竹篮中"装着三挂鞭炮、一捆草纸、一把香 / 两碗米饭、一碗肉、两个酒盅 / 以及父亲酿的新酒"——这些具有祭祀标签的物什，泄露了"清明"，还以为是平素探亲访友的欢快之旅。

泄露沉重的，还有"你的父亲"，"他表情平静，不言语 / 但手中砍刀愤怒 / 遇草铡草，遇竹劈竹……"平日里，活着的人陷身俗务，清明上山，发现荒草竟封了前往"你家"的路径，老父亲挥刀开路，开出一条新路……此情此景，令妻子心中凄然、刻意地"远远落在后面"。清明多雨，所以"泥土松软"；草刚被砍断，所以"清香"——貌似描景状物，而"一只蝴蝶跌倒道旁，等待她来 / 扶上新枝……"却泄露了妻子隐忍的悲伤——湿泥其实是她湿漉漉的内心写照，草香实则反复提醒着离散！

最后一节，用"夕光照耀——"引出孩子走在新路上，这样的结句，意在给出一抹暖色，仿佛"你"安在，而孩子也悦纳了命运……那条路，仿佛贯通两个世界，如若这般，离愁是否能够渐行渐远？

不可避免的生活

○ 黄沙子

在汉河高中，我度过单纯的，也许是这辈子
最单纯的三年，之后我们中的一些北上的北上
南下的南下，最为亲近的几个，其间也小聚过几次，但更多的人
我没留下什么印象。偶尔听说某某发财了，某某已经死了
每当此刻我都会满怀愧疚，因为真的想不起来
一点也想不起来，谈话至此陷入沉默，仿佛他们的不幸，是我造成的。

有时候我也会回到洪湖，在母亲墓边小坐
看放鸭人将鸭子吆来喝去。我知道最肥美的那些
最羸弱的那些，都将在秋天被宰杀
但来年春天，会有更多鸭子加入，这循环往复的过程
早已被我熟知，那群少年啊，也曾在辽阔的水田中嬉戏
也曾被驱赶着奋勇前行。

（原载《江南·诗》2017 年第 2 期）

导读

三年前的一场同学会，我因为有事不能参加，其间有人从酒桌上打来电话，看我凭声音听能不能辨认出是哪一个同学。结果是可想而知的，几乎十分之一都无法猜准，毕竟很多人已经有二十多年没有见过了。

高中生活的结束，对我来说就是离开洪湖的开始，虽然随时可回，但终究是各有各的生活要忙。很多原本一个酱坛子里吃菜的人，如今相见也变得客气和陌生，到最后，每个人到底是什么模样，叫什么名字，真的有很多已记不得了。

其实，绝大多数个体的生死从来惊动不了这个世界，只有有限的几个人会为之欣喜与悲恸。但对生命本身来说，其意义的重大之处在于我们还拥有怀念和凭吊的能力。上天赋予了我们生存的权利，也给了我们为生存奋斗的勇气，诗歌是其中一种。我所认为的诗歌，就是这种不屈意志的体现。这种从日常中跳出芭蕾的生活，教我们从墙壁的缝隙中获取属于自己的清风细雨，在沉默中听得一声响雷，即使此生永不可再见，能够平静地讲述这种走失也弥足珍贵。

流水谣

○ 梅苔儿

把一段河水，修成放生池
我体内十万银甲
交由一只鱼统领

要有炊烟穿过的农舍
要有一个祖母，穿夏布褂子，在绿水里洗米
要有结伴的青山，倒影面朝村庄
要有陈年的雨，放逐一茬一茬的旧光阴
如果河流能点燃火炬
花朵能回到岩石，在回音荡漾的河壁
我埋下最后一把种子
它们是药！是下了回春咒的药

我的浏阳河啊！
鱼群旁若无人地游来游去
失踪多年的故友，被他的后人
用白瓷缸装着带回家
一点一点地抛洒在水里，放生

（原载《诗刊》2017 年 5 月下半月刊）

河水，滋养，哺育。一条家乡的河，一条和身体里的血液彼此流过的河，怎么去歌咏？怎么去表述？

一条河就是我人生记忆的地理、是我乡情、乡结的脐带，是养育一方生灵的乳汁。我的母亲河，被咏唱成不朽的名曲《浏阳河》，我该用怎样的方式打开它对我的恩宠？

《流水谣》是我的组诗《我爱着苦难的河流》其中一首，是的，苦难的河流。它发洪水，淹没河岸，菜园，屋顶；它干旱，露出河床，露出千疮百孔的躯体；它将我的亲人一个个带走；它将万物万事吞噬……相对于大海，它渺小，谦卑；相对于天空，它悲壮，容物。

疗伤？回归？浏阳河也有记忆吧？那时候，我的村庄，邻里和睦，鸡犬相闻；那时候，河两岸草木葱茏，蜂飞蝶舞，一派桃源之景象；那时候，河水清澈见底，鱼群嬉戏，人和鱼共饮一河水；那时候，我的祖母眯着眼，在枣树下晒太阳，岁月朴素而静美。

如今的浏阳河，是个陈旧而寂寞，疾病缠身的老人。重度污染，无节制的开采，浏阳河已不复当初模样。但我还是那么固执地爱着它，因为它是我生命的源头，是我祖祖辈辈的源头。

顺着河水，看它把我的身体越拉越长，像是透明的乡愁，像是诗歌里抒情的水袖，像是另一种重生。

我的河水，接纳万物——杂草，灰尘，落叶，朽木，凋零的花朵。一年一度。只有接纳，方能自愈；只有放生，方能复活；而只有复活，方能让一条河流成为滋养万千的活水。人和河，密不可分。

回忆 20 世纪 80 年代广种苎麻的那一年

○ 龚　纯

据说那年西方麻料稀缺

外贸局来人像伟大领袖指导昔日的社员

在钟滚垱一带种下淹没村庄的苎麻。

我们兄弟姐妹七个，整个秋天，都在剥离麻皮

把它们浸入河水。

晚上做梦，我们已经长大了，还在重复那种劳作

河水散发恶臭，麻丝变成城里的衣物。

灰喜鹊大量死去，只有几只野鸽子

站在电线杆上咕哝

继续跟我们一起，在村子里生活。

我能感觉到那是 20 世纪 80 年代最好的夜晚

黑暗而平静。有时月亮清亮

好像可以让所有巡逻的树木，悚然站定。

好像可以教人亲吻。

仍然有鸡鸣，像古代中国那样。仍然有牛哞

留下牛屎。

仍然有农妇，喝下农药。仍然有伯劳消失

又归来，大约还认得我们

这些农民的面孔。

（原载《汉诗》2017 年第 1 期）

记忆往往不由自主地回溯自己经过的久远年代，那些模糊岁月印痕的重建往往只需要一个契机。诗歌从不会因为作者的出身感到羞耻。那个久远的年代似乎死去很久了，但仍引人时时回顾：中国社会正强烈地被强人召唤并奔向设计中的明天。有的人正是在此年代成为摩登的孩子，人民公社变成乡镇，集体的田野分包到户变成责任田——很多年后我们再次打量那个年代时，才知道那个年代是中国历史上最后的农耕社会。

那一年，在江汉平原，在湖北省荆州地区潜江县高石牌乡周边，突然冒出好些苎麻厂，大量收购苎麻。那时我尚且是一个读初中的少年，我亲爱的姐姐还没有出嫁——她响应政府号召在责任田里种下了苎麻。

我想说的是，作为最后的农耕社会的村庄极其热闹而忙碌，几乎所有的农家都将希望寄予在田野的产出上。农民极其劳累，耕牛极其重要——最初包产到户的那几年，集体时代的大型收割机、插秧机等都用不上了，差不多变成了废铁——直到20世纪90年代中后期，小型农机才再次较多地出现在平原上。现在，就连耕牛都极为罕见了。中国乡村就这样发生着剧烈的变化。但是那时，农户还须向国家缴纳赋税，故而，还有相当数量的农妇因各种原因喝农药而死。我们眼见大片的树林消失，清渠变成污水沟，各色鸟类不见踪影。我想说的是，每个时代的剧变，我们都付出了沉重的代价，有的是无可挽回的健康乃至肉身性命，有的是精神和情感的伤痛再无治疗，并无所皈依。

也因此，在以后的岁月里，才出现"打工妹""农民工"这样的词汇。农民们被迫从农村挤压出去。写至此，使我想到我的另一首短诗，我用之结束此文：《城市玻璃》种地的农民没有饭吃，后来他背着蛇皮袋／来到城市。好心的老板让他升到空中／往下擦玻璃。／玻璃上慢慢走过故乡的白云。

蓝 马

○ 崔宝珠

他们已不再相信真的有

蓝色的马

吹口哨的长发少年在放牧它们

他们已放弃

去白云深处的湖泊寻找

蓝色的马

在那里，雨水清凉

顺着它们透明的鬃毛落到草地上

我已不年轻了但还耽于想象

是因为一匹蓝马

进入了我以梦为名的国度

当我抚摸它的时候

溪流一样的风就会涌动

当它带着我奔跑的时候

大海就会翻卷起来

如果它突然嘶鸣

小跑进落日磅礴的草原

请转告他们：那一定是因为

我在这一刻

感到了自在和幸福。

（原载《诗歌月刊》2017年8月号）

导读

春天的时候，我和三个闺密，在微信上建了一个小群，群名为"镜花国四大名媛"。当然，是一种调侃。我们四个人，算上最年轻的，也都是中年人了，但都还有一颗少女心，都爱做梦，都写诗。

有一天我们开始写同题，她们让我出个题目，我环顾了一下四周，看到桌子上一个蓝色琉璃马的摆件，就随口说了两个字，就"蓝马"吧。于是我们有三个人写了这首同题诗。

世上有没有蓝色的马，我不知道。但我没有见到过，我觉得，这可以是一个超验的理想的替代物，就像镜花国一样。

那梦幻的蓝色的马，无意中成了一种象征。它属于虚无，一种孤独和寂静的存在。当我骑上这匹马，我就可以进入另一个世界，感到溪流般的风涌动、大海翻卷、落日磅

礴，那样自在和幸福。自在和幸福，这是两个失败的词，笨拙而无趣，蓝马的意义，应不止于此。但我暂时无法找出替代物，就像我其实根本找不到蓝马一样。

人到中年后，他们说，你得是一个成熟的女人。心里还住着一个追梦的少年，是应该被嘲笑的。但住在镜花国的人可以，她们还愿意去反复地寻觅，任孤独的荒原中流浪。虽然，即使在梦里，你走遍天涯海角找到了那匹马，能做的也无非是：带上它，去寻找另一个天涯海角。而这一瞬间的美好就足够了，让我们醒来的时候，能看到天是蓝的，草是绿的；云朵下，奔跑着一匹马。

请转告他们，去寻找吧，每个人心里都有一匹能带你放肆奔跑的蓝马。

刻在土崖上的诗行

○ 第广龙

一个个井场被土塬环抱

搬完铁疙瘩

拿起管钳拿起扳手

我在土崖上

刻下一些简单的句子

那是我最初的诗歌练习

亲人最远

过年了我刻下"想家"

骂队长的话太毒了

刻下又毁掉

"刮啦鸡飞近了又飞远了"

这种土色大鸟身形笨拙

转眼就翻过了大山

借着探照灯的光

我刻下"杏花睡下了吗"

我只梦见她一次

在野外队外面找狗

叫我坏蛋

我又刻下"我是坏蛋"

我刻过"星星陪伴我"

刻过"大山你好"

记得清楚的还有一句

刻在一场大雪之后

"再不送饭来，我就不想活了"

（原载《地火》2017年2期）

导读

在石油野外队的那一段生活，是我一生中重要的经历。它是粗糙的，枯寂的，甚至是绝望的，却磨炼了我的心志，让我不惧怕黑暗，懂得坚守，也向往着美好。也许这是我时常回味的一个原因。

我创作至今，写下了许多和这段经历有关的文学作品，感觉还没有写完，而且，总能进入状态，找到感觉。越是苦味的日子，越是难忘，其中一定有珍惜，一定不全是苦味，其中包含着复杂，其中有明亮的成分。

我的这首诗歌，写了我的工余。工余场景有许多，我写了其中一个侧面。就是这个侧面，折射出我的心理活动，也把我工作和生活的一些"秘密"暴露了。即便如此困苦，

从内容上看，有浪漫，有埋怨，有戏谑，还有幽默。也许正是这样的心态，才没有使我沉沦，没有自暴自弃，还让我发现了诗意，并练习着表达。

我到野外队时，还不到20岁。从事的是重体力活，面对的是黄土山，是黑石油。正是容易冲动，也容易脆弱的年纪，我想到过放弃，又认命地接受，人的经历可以选择，我能留下来，干下去，要说有原因，我想与我父亲的教诲有关，父亲说：老天不会让你把好全占了，也不会把你推进深坑里不管，吃得苦，才吃得甜。我铭记着这句话。如今，我回想我在野外队的日子，我得说一声：谢谢！

蒋乌家的梅花鹿

○ 康 雪

1

"夜风一吹，我到你的距离
是阴转小雨。"
蒋乌不会和我说情话。就连情诗
也不沾一个爱字。但我有时候
也会甜蜜得
发慌。流泪。长犄角。我总想着下一个月
该有一年那么长
这样离永远，可能靠谱点

2

这是我搬到 21 楼后，看见的
第一场雨
在阳台上拍了照片，风大得很
要是换作别人，定被吹走了
这让我突然恐惧
有天蒋乌会像只风筝。被挂在树上

3
蒋乌说师傅的妻子出车祸死了
那么好端端的一个人，说没就没了
这要如何安慰

我说不出话，只看着死去的女人
隔着丈夫。丧妻的男人隔着蒋乌
蒋乌隔着我

我离悲伤太远了。可是一想到生死
只隔着，这落叶般的说与听
我就抓紧了蒋乌的手

（原载《诗刊》2016 年 1 月号下半月刊）

📖 导读

　　"夜风一吹，我到你的距离，是阴转小雨。"这是蒋鸟写在《致爱情》组诗里的一句。《致爱情》就是写给我的，在我们分开时，已经写到了几百首？我忘记了。

　　以前别人总跟我说，诗人和诗人在一起是不合适的。这里的"在一起"大概是指结婚。如果只要恋爱多好啊，那时恋爱多好啊。2013 年夏天，我大学毕业，和朋友租住在某栋房子的 21 楼，蒋鸟常常来看我，我们坐在阳台上，一边吹夜风，一边吃西瓜——我们从来不聊起诗歌，但离诗歌又那样近，我们好像有很多感情，可以慢慢隐藏或者表达。

　　蒋鸟很瘦，风大的时候，确实是怕一阵风就把他卷走的。他大多时候都像个孩子，或者我们

　　在一起时，都变成了孩子，纯粹、干净、天真。第一次一起面对沉重的事，就是他师傅的妻子出车祸死了。死亡，有时说出来多么轻描淡写啊，而一旦加入一点自己的想象或者爱时，就变得那么可畏。

　　有爱就有苦。后来我们分开了。这组四年前的诗再读起来，我却仍然感到甜蜜。那些年轻的慌张和担忧，那些说不上多么深情却自然质朴的片段仍让我走神。无论如何，能爱多么好啊，永远年轻永远恋爱多么好啊。

　　"那么小的月亮，却是怎样的无所不能。""天空一无所有，为何给我安慰。"月亮给里尔克安慰，天空给海子安慰。说到底，还是诗歌给了我们所有人安慰。

那块石头

○ 商 震

浑身长满皱纹
它不是老了
是屈服
是承认风
一定会摧毁石头

风吹一次
它就弯一次腰
低一次头
风每天给它整容
也一点一点侵蚀它的内心
我确信
最终它会溶解在风里

我再不敢想
当年它坚硬清高
让所有的风
绕着它走的场景

现在

它每一条皱纹

都住着风

每一缕柔和的风里

都带着杀机

（原载《扬子江》2017年第3期）

导读

导读自己的诗，很容易过于主观，会使诗歌的开放性受到限制。那么，下面的文字，读者可以不信，或仅供借鉴。

一首诗，常常是诗人的自白。要么对外部世界言说，要么对自己言说。这首诗是说给自己的。

诗中说的是常识：人都会老去，就像石头会风化一样。

那一日，我在秦岭上，看到一块巨石风化得一碰就掉下渣土，让我想到，看到的太多曾经叱咤风云的人物，无声地老去，甚至老到不再有思想，懦弱得让人唏嘘可怜。而催人老、催石头风化的杀手就是岁月——风。

当然，岁月或者风，不是简单的自然现象，它在诗中是个复杂的意象。是借自然之象，容纳政治、经济、社会、人文、情感等可以催人老的事物。

整首诗似在说石头，而我或者你以及他就藏身在石头中；整首诗的主角是风，我或者你以及他就是在这样的风里成长、挺拔直至衰老、风化。

这首诗的第一节，是对自己说的：不是老了，是屈服。

对大地上的事物我们一无所知

○ 梁书正

土地结出果实，山间流出清泉
万物的生长和死亡。那时，我们不知

那时，我们像小草一样疯长
我们追赶白云

直到九岁，亲眼看见那条河流
带走那个孩子

我记得那个早晨，我站在岸边，凝视河水，一言不发
我的成长，大概从那时才真正开始

（原载《诗刊》2017 年 3 月上半月刊）

导读

我成长的地方叫洲上坪，是湘西大山中的一座小小村庄。小时候，村子未通公路，只有一条山路连接县城和远方。所以寨子一直保存着天然和纯朴的气质。我们也在这种环境中自由自在地成长，无忧无虑，像小草小树一样，追赶着蓝天白云。

寨子里有一条小河，那是我们儿时的乐园。捉鱼、捕虾、抓螃蟹成为我们童年的乐趣。那里盛满了我们的欢乐和笑声。但在我九岁的那年，我看到一个小伙伴被河水吞没，听到她的母亲哭天喊地。那时候，战战兢兢的我，才知道人间也有死亡，也有痛苦，也有悲剧。

也就是从那一天开始，我似乎突然懂得了很多。人间不仅只有欢喜乐趣，也有悲苦无常。而这条小河教给我的，不仅仅是对死的认知，还有对生的领悟，以及天地万物的敬畏和感恩。当然，九岁的我不会想到这些，但很多年后写这首诗的时候，我却想到了这些。我想，或许，我的成长，就是从那时候开始的吧。

多年之后，我面对那条河水，我还写下了"河水和他一样安静／天空和他一样多泪"，"河里的星星，永远密集、明亮／永远不为人所知"。我深信这条河里藏着人间太多的秘密。

我们的作品一定是来源于生活和土地。只有植根于生活和土地，诗歌才能发芽、生长、开花和结果。我想，这首作品能入选，可能就是因为此吧。

草　原

○ 梁积林

那一天，风吹草波
阵雨从头顶掠过
你牵着一匹马在水库边，吃草、饮水
松开了鞍鞯

绿色的草地上有一辆绿色的吉普
没有帐篷
两只蝴蝶拉开了世界的帷幕

我说的是落日
我说的是一只年轮的旋鹰

没有帐篷
一只宗教的蜜蜂，不停地转着经筒

我说的是一辆绿色的吉普
穿过了落日的隧洞

（原载《广西文学》2017年第8期）

导读

　　何不换一种文体的眼睛去读这首诗，比如小说。

　　时间：那一天（不是泛指而是特指）。地点：水库边，草原上（刚刚下过阵雨，新鲜而潮湿，升腾着岚雾）。人物：一匹马，两个人（其实就是"你"和"我"，马是双重的代指，故也算作人物）。故事：包括起因、经过和结果。基于前三个要素的基础，随便读者怎么猜吧，想象有多自由，故事就会有多深邃。

　　渴望我就是那匹马，正如一副汤药的药引，那个牵马的人就是你呀……你，你，你——或者更明了些说是她。那么我，洞穿了此时此刻的美与玄机，却因为羞涩与含蓄的旷大而无法说出口。于是这个"我"灵机一动，从两只蝴蝶拉开一朵花的帷幕，暗示了什么……这是世界的，也是……不说也罢，从空间上借用了一根起兴的细丝，指说蜜蜂，宗教的呀，是多么虔诚。而一只鹰的旋转啊，拓展了时间的无限。有无限就有瞬间，一只绿色的吉普是怎么穿过落日的隧洞的，像一根针扎入了时间的命门：看哪。看哪。看哪……你究竟要说什么呢？"我说的是落日。我说的是一只年轮的旋鹰，我说的是一辆绿色的吉普。"

　　这个人，究竟要说什么呢？

　　善良的人会把珍贵的时间留给需要的人。落日请熄灯。

一路向西

○ 敬丹樱

风睁着智者的眼
目送牦牛找到甘泉，羔羊找到细皮鞭
秃鹫
找到天葬台

就像转经筒找到朝圣者
就像舍利子
找到佛陀。命数里，万物各求所得，各安其所
我把沉默揳进石头
任青稞酒打磨，酥油灯抛光

亲爱的牧马人。想起你
苍黄的歌声遗世孤悬，我看水不是水
看山
不是山

（原载《玉溪》2017年3月号）

导读

不知是不是一种错觉，创作者一接触到"西"这个素材，无论是镜头还是笔触，其视角不自觉会变得更澄明，更纯粹。

在我的生活坐标以西，最远抵达的只是阿坝州地界，九寨、川主寺，至若尔盖草原结束。在地图上，我可以看到更远处：色达、芒康、林芝、布达拉、玛旁雍措、冈仁波齐……

每一个地名都令我心驰神往。

生活中有太多羁绊，始终没有合适的机会，开启一场说走就走的旅途。更远更惊心动魄的风景，仍止于图片，止于想象。也许，每个人心中，都住着一个朝圣者。正因为不能成行，所以我对西行之路，心里充盈着更多的虔诚。

所幸风就像智者，它替我看到了那么多的寻找：牦牛找到甘泉，羔羊找到细皮鞭，秃鹫找到天葬台，转经筒找到朝圣者，舍利子找到佛陀。

生活的序列，因果的轮回，自然的逻辑，宿命的纠集……

我愿意看到这样的安排，愿意看到"万物各求所得，各安其所"，我愿意把我的沉默揳进石头，任青稞酒打磨，酥油灯抛光……

我愿意偏安一隅，为那些身体力行的朝圣者祈福。

交　汇

○ 韩文戈

暮晚时分，我喜欢坐在倾斜的光线里

看河口的两条河隐秘交汇

那时，我的身后，白天与夜晚也在交汇

我的肉身，生与死每天都在一点点地交汇

我看到翻涌的水不断从深处冒出来

就像绽开的花瓣，无穷无尽

它们被一双看不到的手分开，然后舒展

又一层层剥去，平息

此刻，不远处悬挂的每一颗苹果

朝南与朝北的两面，青与红浑然圆满

喜鹊与乌鸦在同一枝头交替鸣叫

演奏着我们听而不闻的天籁

我能够感到，瞬间在不停剥离，远去

而永恒依旧蛰伏，不动声色

不多时，黄昏便已撤退

草木隐进了自身的幽暗，长庚星出现

（原载《诗东北》2017年上半年卷）

导读

站在水边看流水，逝者如斯夫的感叹，既古老又常新，这是因为时间性无时无刻不发生在我们身上，但只有极少一部分人把这种时间性延展到具体的死亡，这是由于死亡的终极黑暗使人们却步。时间与消逝的主题仿佛是死亡的前奏，人们宁可沉浸在消逝的主题里回味、流连，也不愿意把思维再向前探向死亡。

但死亡从来就没有远离我们。

这使我想到了另一个词：神性——诞生与死亡都关涉着神性。

越来越觉得，神性就存在于日常而不在虚无缥缈的高处。神性蕴含在人所感受到的一切之中，当然包括时间性，流逝、死亡与再生。倘若我们有一天稍微想透彻一点点事情，第一个就应该是我们自身的生灭。

当我把目光从高蹈的事物上转而投向身边事物并专注于它们的时候，我会有一种惊喜，我在这些日常事物之上感受到了神性。日影的移动，花朵的绽放与枯萎，果实由青转红，河流的夜以继日，我都能由从前在虚拟式的冥想转向到具象的形而上，这是一种由衷的喜悦，当然喜悦绝不仅仅这一点。

对于一个过程中的人而

言，仅仅意识到死亡是远远不够的，因为缺乏对心灵的慰藉。真正的慰藉来自于明了生命转化中的自然状态，即顺乎自然，只有达到这一步，人们对于生灭的喜悦与恐惧才能真正做到从容。

于是，我开始专注身边的凡尘，庸常，平凡，可感之物。如果你要得到启示，它就一定会给你启示。

多年来，我一直在疾病的阴影里生活，对于生死，对于具体的存在，我都在细腻地感受着日常中事物的生成与寂灭，在此这一过程，我逐渐把目光从天空投向大地，投向那里的河流、时辰、苹果，我在它们的身上看到了我想看到的一切，这就是《交

汇》，诗一旦落回到地上，诗意就会飞翔在天空。

正因此，扎加耶夫斯基才说："我们不可能一劳永逸地居于超验之所。我们甚至不可能完全懂得它的意义。狄奥提玛正确地敦促我们朝向美好，朝向更高的事物，但没有人会永远定居于阿尔卑斯山顶，我们将每天回到山下。经历了对事物真谛的顿悟，写下了一首诗歌之后，我们会去厨房，决定晚饭吃什么；然后我们会拆开附有电话账单的信封。我们将不断从灵感的柏拉图转到明智的亚里士多德，否则等在上面的会是疯狂，等在下面的会是厌倦。"

春风夜里的槐树

○ 傅　云

———————————————————————————————————————

那些槐树在空气中缓缓浮动绿色羽毛

一群从泥土深处飞升的天鹅

每当春天深夜

安静降落这座北方的都城

当时我们并没有发现

我们喝了酒，走在春风沉醉的街头

忽然看见一群庞大身影

婆娑在胡同的青砖与瓦楞间

我们仰头从它们羽毛下走过

像行走水底的潜泳者

看见上方浮动一群绿色的天鹅

脚蹼在漆黑夜空中划出闪闪发光的涟漪

一群来自外星的物种

每根羽毛都闪烁沉默的启示

我们惊讶于它们的友善与安静

却不能发出一声问候

只要一开口它们就会从枝头飞走

泛着绿色泡沫的空气就会灌进肺叶

我们只能屏住呼吸小心翼翼

仰望它们在离地六米的空中停泊

直到我们内心也长满了羽毛

有那么一刻，随着春风吹绿了我的血液

我感觉自己飞升到和它们同样高度

悬浮在这庸俗的生活之上

（原载《诗探索·作品卷》2017 年第 1 辑）

导读

　　在所有的季节里，我喜爱春天。在所有的春天里，我喜爱北京。

　　有人说，北京一到秋天，就变成了北平。那是因为有银杏树。而北京一到春天，就变成了幽州。那是因为有槐树。幽州，顾名思义，幽昧荒寒之地。遥想古时候，偏居一隅的幽州城，胡同与陋巷之间遍种槐树，青砖与黄沙之上绿意婆娑，亭亭如盖，给这个风水偏硬的鬼地方平添了不少温柔。

　　经过漫长的苦寒，大如毡席的雪花渐次消融，有一天，抬眼忽然发现头顶光秃秃的树杈间已鹅黄嫩绿，新叶簇簇。那一瞬间的心情就如喝了一杯好酒般畅快。那种树生芽鸟换羽蛇蜕皮的新生愉悦感，是生

213 ·

活在四季葱茏的南方的人所永远感受不到的。

而槐树的身姿在北方树木里也得型最正。比柳树庄重，比杨树飘逸，比榆树雍容，比银杏曼妙。难怪叫国槐，是典型的北方有佳人。就像所有美好的事物，总有一种超越现实的抽离感，近在咫尺又高不可攀。除非当你酒醉了，可以绕树三匝，倚树而眠。

话说那天晚上，就是朋友聚会酒至半醉，出来走在青砖胡同里，四月末的夜风带着啤酒味儿汩汩流淌，在清冽的空气里嘶嘶冒泡。一抬头看见槐树巨大的树冠在黑色夜空下轻轻浮动，绵密的树叶风中如羽毛栩栩飘逸，有一刻，随着阵风忽然强劲，枝叶上下翻拂如双翼扑展，感觉这棵槐树真的想拔地而起振翼高飞。

我想那一瞬间，槐树是痛苦的。因为它的根深扎在泥土里，欲飞而不能。就像有些美好而自由的灵魂，深陷在现实的泥尘里，在生活的重轭下慢慢折损了羽翼，只能偶尔在酒后幻觉里，扑腾到离地六米的高度，酒醒时，又及时坠落下来，以不至于让自己受伤。因为相比失去羽翼，他们更失去了振翼高飞的勇气。

我也喜爱这个悲剧。唯有这个悲剧是拥有双翼，可以超越时代的。像一只永生的天鹅，吟唱在头顶，无论你行走在幽州还是北平。

比恐惧还要恐惧

○ 鲁若迪基

一位老奶奶曾对我说

当年在索卦修栈道的时候

夜里会听到虎豹的啸叫

那些声音，从地皮上

一层层滚过来

地动山摇

让你的每个毛孔

充满恐惧

她们咬着牙

紧挨在一起

没有人起来

为将要熄灭的火添柴

我听了，非常羡慕她们

有过那种

切入肌肤和灵魂的感觉

我们的毛孔

充满了灰尘和垃圾

"恐惧"对我们来说

只是书本上的一个词

随手被我们翻过去了

（原载《诗探索•作品卷》2017 年第 2 辑）

导读

诗歌有时候是沉淀事物的某种呈现。

我小时候曾同一位老奶奶放马，聆听过她很多故事。她曾指着遥远的雪山说，只要那里的雪不化完，人就不会饿死。她说这话的时候，我们都饿着肚子。我忍住饥饿记住了她的话。我曾在散文《永远的雪》里写了自己的感受和记忆，也在那篇文章里表达了对她的怀念。

她还给我讲过当年修泸沽湖到我们老家栈道的故事。那是永宁土司派人修的人马驿道。"索卦"是其中一座山。其实，那个地名除了当地的普米人外，没有人知道指的是哪里。地图上是找不到的。当地的土著爱用自己的方式命名山川河流。所以，我的诗里会经常出现一些我的族人才知道的地名。"索卦"就是这样的地名。她说栈道修到索卦的时候，晚上经常听到老虎、豹子吼叫，让人头皮发麻，非常害怕，没有人敢起来给要熄灭的火添柴……

她说的故事一直在我心里存着。

每每想起，她惊恐的表情历历在目。她让我感觉到了恐惧是什么。可是，我一直没有找到诗的突破口，如果仅仅把这种感觉呈现出来，那是没有多少意义的。

从修栈道，到后来通了公路，现在泸沽湖甚至已经有了飞机场。历史的进程超过了我们的想象，现代文明就这样飞速发展着。我们似乎也在为文明付出代价。无论天南地北，在发展的同时，作为现代人的我们，似乎在消失某种东西——那就是我们对这个世界的感觉。当然，这种感觉应该是有温度的。也许我们对世界的认知越来越具体和准确，可是，我们的感觉却越来越宽泛和麻木。麻木已变成现代人的通病。这种通病比恐惧本身还要恐惧。

我就这样通过一个故事，通过一个故事中一个词的思考，完成了一首诗。

我希望在朴素、自然的叙述中，让诗的呈现耐人寻味一些。

郎木寺

○ 蓝　野

郎木寺是一个镇子

一个很有特点的小镇

我在那里的一个小店里喝过越南咖啡

那真是太好喝了

当然，那小店伙计太帅了

眼神真诚，清澈而忧郁

——她的讲述带着大城市游客共有的语调

城市之外有被消费和审视的美

郎木寺是一个镇子

一个很有特点的小镇

我在那里的一条小街被藏族女人认出了前世

宿命是这个样子的——

胸前的蜜蜡、琥珀可能是假货

手里握着的河卵石才能见证三生

——我的讲述明显是一个迷途游客的语气

可迷途带来的未知的快乐

实在是太迷人了

（原载《青岛文学》2017 年第 1 期）

导读

长江有一条著名的支流叫嘉陵江，嘉陵江有一条著名的支流叫白龙江。白龙江的源头，在一个梦幻一样的小镇郎木寺。

郎木寺地处川甘交界，雪山环抱下的村落信仰多样。山谷两边的寺庙、客栈、草地、游人，更是五彩缤纷。2016年夏天，因缘巧合，我随着一帮诗友有了一次从甘南合作抵达郎木寺的行旅。像在梦中行走一样，镇上的河流、街巷，山上的天葬台，都显得极不真实。

几个月后，在北京，遇见一位去过郎木寺并和我一样非常迷恋那神奇小镇的朋友，聊起高原小镇，原来我们的迷恋是那么不同啊……我们每个人对风景的感受真是不一样的，我觉得虚幻，你可能觉得真实，我喜欢山里的安寂，你可能喜欢街市的喧闹。卡夫卡甚至说，每个人都生活在自己意志的栅栏里面。

刺眼的阳光下，恍惚之中，我一会儿觉得是山河怀抱着寺院，一会儿觉得是寺院怀抱着山河，从前的时光如飘忽的白云一样在眼前一闪而过，从前的一切爱与恨、欢欣与悲伤在这一瞬间重现并烟消云散……后来写下这首诗的时候，我曾试图使它更厚重些，但面对如此丰美的风景与情感，我终是胆怯、迟疑，就简单地写成了这样。

我们能写出我们经历过的一切吗？有多少秘密不会被我们写出来？或许，这正是诗歌的魅力，它只显露我们生命经历的一小部分，那浮出海面的冰山一角。

发源于郎木寺的白龙江是长江的二级支流。似乎所有的人间传奇都该共有一个流向：大海。

许多事物从身边经过

○ 蓝　紫

照彻窗前的月亮，还是创世之初的
那一轮。路过台阶的蟋蟀
还是多年前梦中走失的那一只
远处的流水和石头
在相互亲吻中完成一生

湖泊端着四平八稳的镜子
优美的水鸟凌空飞起，蝴蝶收起透明的翅膀
身后的废墟，正在形成
一个欣欣向荣的城市

许多事物从身边经过，从春到秋
花开花败，叶绿叶落
而我总是偏爱那些逐渐老去的事物
或许只是为了从时间那里得到更多

（原载《作品》2017年第8期）

导读

每天，我们都会经过众多事物：太阳、月亮、树木、石头、河流、高楼……

平时，我们对身边的事物熟视无睹，仿佛它们生来就在那里，毫不起眼，但又不可或缺。而当我终于用心捕捉到它们，我感受到的却是时间。

我曾幻想自己站在远离人间烟火的空间，静看这尘世中的一切：花落了还会花开，叶黄了还会叶绿，流水会慢慢干涸，山峦会变成海洋，无垠的海平面中也会竖起山峰……时间的钟摆在嘀嗒行走，每一下都是岁月流逝的声音，就像雨水沿着檐瓦一滴滴淌下来，落入地面，转瞬消失无踪，正如我现在拥有的这一刻，转瞬就会成为过去……

一切都在逝去，唯有太阳与月亮的光辉永恒。

我问自己：此刻照耀着我们的太阳和月亮，也曾照耀过我们的祖辈，也照耀过千万年亿万年前的群山、树木、河流……但它们散发的光芒，是不是原来那一缕？

当我这样想的时候，透过时空的光影流变，我看见了时光中的自己，也在一天天变老，一天天接近人生的终点。我曾努力挽留的，终将成为泡影，我唯有徒劳地摊开双手，对逝去的时间无可奈何。于是，我写下了这首诗。

小山坡

○ 路　也

下午三点钟，我仰卧在小山坡
阳光在我的上面，我的下面，我的左面，我的右面
我的前面，我的后面
阳光爱我

太阳开始偏西，我仰卧在小山坡
在我的上下左右前后，隔年的衰草柔软又干爽
这片冬末的茅草地如此欢喜
一个慵懒的人

我仰卧在山坡
坡度不大不小，刚好相当于内心的角度
比照某个诗句，把自己当成一只坛子
放在山东，放在一个山坡上

仰卧望天，清风、云朵、蓝天、喜鹊
一道喷气飞机拉出的白色雾线
它们按姓氏笔画排列得那么有序
我还望见虚空，望见上帝坐在云端若隐若现

天已过午，人生过半

我独自静静地仰卧在郊外的茅草坡

一个失败者就这样被一座小山托举着

找到了幸福

（原载《诗刊》2017 年 6 月上半月刊）

导读

我居住在这个城市最南端。这里属于泰山山系逶迤西延的余脉。出门见山，群山连绵。为了改善不良身体状况，我不停地在山间行走。大片大片的野山已经成了我家的后院。

手里正在写着的《南山记》系列组诗，已经写了近三年。《小山坡》就是其中一首。在里面一遍又一遍地写附近的那些山，像是在为一座座小山树碑立传。与过去作品相比，这些新作发生了静悄悄的变化，似乎生命的地平线一下子打开来了，并且很想进一步朝着这样的方向努力：让诗中空间由三维变成四维。

这个结果或方向从何而来，我其实是知道的。人到中年，对于自己与这个世界之间的各种"平行关系"，不能说已经不再关注，但确实是关注得越来越少了，与此同时，对于某种"垂直关系"，关注得越来越多。

这首诗里的汉字，有一个约略的特点，笔画都比较少，那种笔画繁复的汉字没有出现。这不是故意而为，出于性格方面的原因，我基本上一直都是这样的，随着年龄的增长，可能会越来越这样了吧。

我喜欢那个慵懒的自己，那个躺在小山坡上晒着淡淡阳光发呆的，冥想中的自己，而不喜欢忙忙碌碌的自己，只要被迫去"工作"，就立刻觉得了无生趣，只要一有压力，就顿感活得不耐烦。一个人只有休息的时候，才是圆满的，天、地、人、神相交通。

我的身体

○ 路　亚

我的身体，曾接受过多少爱抚
我这么说你会吃惊吗

记得那时用情简单
随便一个眼神，就能发动一场温柔的意念
爱我的浪子，他反复弹拨着心爱的乐器
使之柔软，安静

但那是玻璃杯中的水，沙上的画
逃亡的秋天……

如今我已厌倦了动不动就说爱的人
你看，我的身体，它一天比一天更荒凉
却一天比一天更镇定

（原载《诗探索·作品卷》2017 年第 4 辑）

导读

《我的身体》写于2012年1月，记得当时我独立窗前，望见一树蜡梅迎风怒放，我为之身心一动，想起年轻时的感情困惑，想到之后再也没有飞蛾扑火为情所伤的勇敢，想到我曾深深爱过的人，不禁被自己感动，差点落泪。于是写下此诗。那一刻，我对曾细腻郑重对待过我的人，内心充满感恩。我的一生只深爱一次，我喜欢自己曾经的激情和光芒四射，更尊重自己渐渐变老之后的月白风清。身体的履历，也是爱的春秋。一朵花在春风里绽放，直到瓜熟蒂落；一池水在微风里荡漾，到波平浪静，到消失得无踪无影。这一切，皆是生命的常态。

但像我这样感情激烈丰盛的人，年轻时总是情不自禁，思绪总是跑得太快，几乎无人承受得起我赤忱的热情和压力。然而与其说我所爱的人给予我伤害，不如说是自己盲目的爱伤害了自己。所以，我不说"当我老了"，而是说：我的身体，它一天比一天更荒凉／却一天比一天更镇定。

这首诗可以说是我的经验之作，有人说是性感之诗。身体和爱是本诗的两个元素。时间如玻璃，飞逝而过的是繁华和情色，同时也是衰老和荒凉。生命有限，坦承自己真实的想法，比什么都重要。但我只负责写出了它，而读出痛感和性感的人们完成了它。愿读到的你也有共鸣。

本诗的意外之处惊喜之处在于，有人读出了另一层意思：通过身体的变化还反衬当今社会中的滥情之爱。

在城南寺庙

○ 臧海英

我也渴望获救。走进去的时候

移植来的银杏，还没长出叶子

廊柱还没上漆，一尊佛像

预先坐在大殿中央。这符合我的意愿

——在内心的废墟上，建一座寺庙

但也有我逃脱不掉的：

浓烟，来自后面的化工厂

喧闹，来自对面的游乐场

挖掘机的声音，则来自旁边的建筑工地

一个穿黄衣的僧人

我确定是我。他一边念经

一边驱赶着扑向他的蚊虫

（原载《长江文艺》2017 年第 5 期）

导读

一个暮春的黄昏，我走进城南寺庙。

寺庙很小，还没有建好。这是小城的边缘，开发区。寺庙在化工厂和游乐场的半包围之中，显得窘迫和不合时宜。

是谁，为什么在这里建一座庙？我不知道。

以后的很多天，这座寺庙和身后化工厂高高的烟囱，常常同时出现在我的脑海中。我并不想出家，但我渴望获救，不管是他救还是自救。

世界的瓦砾废墟之上，有着数不清的破坏与被破坏，污染与被污染，土地、文化、人心……都已面目全非。我本身也已是一片废墟，也有着数不清的倒塌和失去……生活中呢，没有一个人活得轻轻松松，那么多和我一样

的人，灵魂无依，生存无着。

那么，拯救的现场在哪儿？

我仍然认为，那不是在无人的深山、远郊，或野外，而是在千疮百孔、断壁残垣的现场，就像这座寺庙，在化工厂的浓烟下，在游乐场的喧闹里，在挖掘机的隆隆行进之中。

我走进这座寺庙，找到了与我相对应的情感经验。当这些作为一首诗呈现在纸上，我诗中的寺庙，已不仅仅是现实中的寺庙，而是一座承载了我精神希求的寺庙。在我逃脱不掉的生命现场，我也需要这样一个地方。

我需要在废墟之上，重建精神庙宇。尘世上，我就是那个穿着黄衣的僧人，一边念经，一边驱赶着扑向我的蚊虫。

农妇的哲学

○ 熊　曼

马铃薯，山药，花生，芋头
这些埋在土里的
是可信赖的

西红柿，草莓，完好无损的青菜
这些露在外面的
是值得怀疑的

她说，美好的事物
一开始是黯淡的
它们终年在低处
闪烁着泥土的本色

（原载《草堂》2017 年第 5 卷）

导读

　　青春期以前，我在湖北蕲春县一个乡村度过。我熟悉那里的一切，且每每回想起来，都由衷感谢父母为我们提供了那样一处田园牧歌式的生活场景：一栋背山面水的大房子，房前一亩菜地，一年四季的蔬果不重样，它们被用水泥和石头砌成的围墙圈起来，约一米高。很多个黄昏或清晨，我的亲人就在那里劳作，一遍一遍地挑粪或者清水浇灌那园里的植物。扁豆花开了，扁豆花谢了，茄子开紫花，黄瓜开黄花，大白菜、苋菜、菠菜终年绿油油。还有番茄，放学后的我们，想进去摘一个吃就摘一个吃，最红的那个最先被吃掉。院墙上攀着矮牵牛，粉紫色的花像一个个梦，我常常站在那一簇簇花儿跟前恍惚，看那上面飞来飞去的蜜蜂和蝴蝶。栀子花在六月的清晨开放，白色的，散落在枝叶和细草间，像一个个精灵，有

限的香气被无限的空旷稀释……

　　在描述以上场景时，我不费吹灰之力。是的，因为熟悉，虽然我已离开那里，但回忆历历在目。后来父母去城里谋生，我进城念书，生活有了较大的转变。最大的不同是我们得去菜市场买菜，周末我从学校出来，坐公交车穿越半个城回家。母亲看我回来了，笑吟吟地拉上我的手就去菜市场，我们穿过一排排菜摊，她在前面走，我在后面跟着，听她絮絮叨叨地叮嘱："这个青菜没有虫眼，可能撒过药水。""这个季节草莓还没成熟，反季节的东西别吃。"她说这些话时，脸上有警惕，也有惆怅。我是很久以后才渐渐理解了那份惆怅——失去土地和庄园的农妇的惆怅。

　　失去，是不可避免的了，我试图用诗歌记录下来，也是很久以后的事情。

傍晚经过你的城市

○ 熊　焱

动车在经过你的城市时停下来

夕阳正衔着房顶，晚风正吹集暮云

下车的旅人如席卷的江水

同行了一段长路，一旦分散

也许就成永别

那些年我们在这里穿过霜降和谷雨

背影青葱，步履蹒跚

最后一次分别时细雨如酥，天空为谁哭湿了脸

现在时针抵达了六点，秒针嘀嘀嗒嗒的奔跑中

是我们在马不停蹄地赶路

是我们颠沛的人生，有时一阵酸，有时一阵甜

我突然想下车去找你

我突然想大河倒流，时针逆行

我们又一次穿过茫茫人海，在十字的街头相见

岁月苍茫，风为我们掸去白发和细雪

这是二月的傍晚，我经过你的城市

动车只停留了十分钟，却仿佛跑过了漫长的岁月

夕阳正衔着房顶，晚风正吹集暮云

我临窗远望，浩荡的大江正在蜿蜒穿城

一去不回，整夜整夜地为谁压抑着悲声

（原载《桃花源诗季》2017 年夏季刊）

导读

每一次，当火车在一座城市停站的时候，我都会想起在那座城市生活的朋友，然后给他们发信息，告诉他们我路过了那里，仿佛是在那里给他们挥手道别。

当那一次我坐着动车经过某个城市的时候，我很自然地想起多年前我曾在那里走过的踪迹。那时候，我喜欢的一个女孩，就在那里念书。

我常在周末的时候去看她。在嘉陵江边，我们一次次地沿江行走，葱绿的青春岁月，像江水泛起的朵朵浪花，有着湿漉漉的温存。后来我们各奔东西，再也没有联系。十七年过去了，我再次经过故地，在站台上，看着那些来来往往的旅人，回想往事百感交集。只是太快了呀，岁月的寒风携带霜降和细雪，悄悄地落在我的鬓边。我也相信时间的流水，一定也在她的眼角泛起了鱼纹。

在那里，火车停留了十分钟，却带着我在往事的羊肠小道上跌跌撞撞。火车启动后，穿过浩荡的嘉陵江，我听那水声，正在我的心中悲啼。正如我在结尾书写："浩荡的大江正在蜿蜒穿城 / 一去不回，整夜整夜地为谁压抑着悲声"。我知道，在人生的长途上，我们经历的诸多人和事，会让我们怀念、忧伤、幸福，抑或痛疼，可那不是因为记忆，而是因为生命在一次次地对我们进行提醒。